D1719908

Philippe Daniel Ledermann
Ärzte auf Abwegen

Philippe Daniel Ledermann

Ärzte auf Abwegen

Roman

Hinweis:
Die in der Geschichte erwähnte Gastroenterologische Klinik
(«Gastroklinik») in Bern zielt auf keine bestimmte bestehende
medizinische Einrichtung.

Originalausgabe 2018

Copyright:
Edition LEU
Verlags- und Medien GmbH
Earhart-Strasse 9/23
CH-8152 Glattpark
Alle Rechte vorbehalten

Kontakt:
www.edition-leu.ch
info@edition-leu.ch
www.ledermann-schriftsteller.ch
info@ledermann-schriftsteller.ch

Lektorat:
Rolf Grossenbacher

Gestaltung:
Res Perrot

Herstellung:
AZ Druck und Datentechnik GmbH

ISBN 978-3-85667-164-8

Vorwort

«Einem Arzt, der nichts verschreibt, zürnen die Kranken und glauben, sie seien von ihm aufgegeben», klagte schon Epiktet, der von 50 bis 138 n. Chr. lebte. Diese Aussage zeigt, dass ein grosser Teil der Patienten schon früh an die Wunderkraft von Medikamenten glaubte und sich wenig um die tatsächlichen Ursachen von Krankheiten kümmerte.

Neben vielen einwandfreien Medikamenten gibt es auch solche ohne eigentliche Wirkstoffe, die Schmerzen lindern können. Ihre Wirkung ist nicht selten ebenso gut wie die der echten: Erwartung und Glaube reduzieren beim sogenannten Placebo-Effekt den Schmerz. Eine Erkenntnis, die bekannt, vielfach untersucht und weitgehend unbestritten ist. Zwischen nachweisbarer Wirkung und der Suggestivkraft von Medikamenten gibt es Freiräume für unseriöse, eigennützige Erzeugnisse der Pharma- und Medizinalindustrie. Mit Macht und Gier, einer grossen Chemieindustrie und ein paar willigen Ärzten und Kliniken lassen sich spektakuläre Komplotte konstruieren. Das wirklich Niederschmetternde daran ist, dass es in der Realität leider noch viel schlimmer ist. Die Opfer sind nichtsahnende Kranke, wie das Philippe Daniel Ledermann anhand eines Einzelschicksals zeigt.

Sein Roman, der auf wahren Ereignissen beruht, erzählt vom Geschehen um die Markteinführung eines Medikamentes, das grossen Schaden angerichtet hat, statt zu helfen. Er schildert den Charakter von Ärzten, die als Handlanger der Pharmaindustrie beteiligt waren, um ihre Karriere und ihren gesellschaftlichen Status zu optimieren, aber auch, wie die Medikamentenproduzenten Forschung und Fortbildungen finanzieren und so ihre Klientel an sich binden, um den ständigen Anstieg ihres Profits zu sichern.

Es sind keine Lichtgestalten ihres Berufsstandes, die den Roman von Philippe Daniel Ledermann bevölkern. Ihr Handeln zeigt, dass die einstigen «Halbgötter in Weiss» in vielen Bereichen dem Niveau nahekommen, das mit dem Geschäftsgebaren im Autohandel vergleichbar ist: Neben vielen ehrlichen gibt es rücksichtslose Berufsleute, die auf Kosten ihrer Kunden nichts auslassen, um ihren persönlichen Gewinn zu steigern. Es ist aussergewöhnlich mutig, wenn sich ein Schriftsteller, der selber Medizin studiert hat, mit dubiosen Machenschaften von Ärzten auseinandersetzt, die gegen die Ethik des Hippokratischen Eides verstossen, in welchem es heisst: «Ich will zum Nutzen der Kranken eintreten, mich enthalten jedes willkürlichen Unrechts und jeder anderen Schädigung ...»

Al'Leu

Prolog

In den Siebzigerjahren des vergangenen Jahrhunderts führte das Medikament *Haraform-Plus*[1] zu einem der grössten Skandale der Pharmaindustrie beziehungsweise der Medizin. Die Zeitungen in aller Welt waren voll davon. In einem späteren Schadenersatzvergleich in Japan vertröstete die Herstellerfirma – ein grosses Schweizer Pharmaunternehmen – die Opfer mit mehreren Hundert Millionen Franken. Die bis dahin unbekannte Krankheit, die das ominöse Medikament hervorrief, bekam den Namen SMON – ein Kürzel für Subakute Myelo-Optico-Neuropathie. Dahinter verbirgt sich ein äusserst schweres Leiden, das für seine Opfer unter anderem Blindheit, Lähmung und sogar den Tod bedeuten kann.

Erst 1985 nahm die Firma das Medikament vom Markt, dreizehn Jahre nachdem es sich als Ursache der SMON-Katastrophe herausgestellt hatte und vom japanischen Gesundheitsministerium verboten worden war. Ein Jahr nach dem Verschwinden des Medikaments auf dem japanischen Markt sank die Zahl der Fälle auf dreiundzwanzig; ein Jahr darauf wurden keine neuen Fälle mehr verzeichnet.

Der vorliegende Roman handelt von drei Studienfreunden, die in diesen medizinischen Skandal verwickelt waren – auf die eine oder andere Weise. Die Geschichte macht zugleich deutlich, dass die zum Eingreifen verpflichteten Aufsichtsbehörden allzu oft versagen.

---

[1] *Haraform/Haraform-Plus:* Namen geändert

Anfang der Fünfzigerjahre nahmen drei junge Burschen an der Universität Bern ihr Medizinstudium auf. Sie kreisten von da an um die Medizin wie die Planeten um die Sonne, allerdings in verschiedenen Abständen zu ihr. Ihre Namen: Arno Schoener, Viktor Piller und Marcel Junod.

Der erste, Arno Schoener, war eine Art Alpha-Planet. Er war vier Jahre älter als die beiden andern. Trotz oder wegen seiner rötlichen Haare, der grossen schwarzen Hornbrille auf seiner Nase und den zahlreichen Sommersprossen hatte er dauernd hübsche Mädchen im Schlepptau. Er war sehr ehrgeizig, clever und eloquent. Der auffälligste Wesenszug an ihm: entweder der Erste und ganz oben sein oder nichts.

Vor der Matura[2] hatte er bereits eine Lehre als Laborant absolviert. Da sein Vater neben einer kleinen Fabrik für Chemikalien auch noch ein medizinisches Labor besass, gedachte der einzige Spross, dieses dereinst neben seiner Tätigkeit als Arzt zu übernehmen und durch einen Cheflaboranten führen zu lassen. Simpler Laborant sein, wenn auch Chef des Unternehmens wie sein Vater, kam für ihn nicht in Frage: zu wenig Rampenlicht, zu wenig Zuschauer, zu wenig Applaus. Arno Schoener war nicht fürs Mittelmass geboren. Mit seinem Ehrgeiz und Willen wollte er in der Medizin eines Tages ganz oben ankommen. Niemand sollte ihn dabei bremsen können.

Vater Schoener war wohlhabend. Sein Filius, der noch bei seinen Eltern lebte, kannte keine finanziellen Sorgen. Papa

---

2 Abitur

zahlte alles und gerne. So auch die Gesangs- und Reitstunden. Und zur Matura erhielt er ein neues, blaues Austin-Healey-Cabriolet mit einem Vierganggetriebe und einem sogenannten Overdrive. Eine Prachtmaschine, die sich neben Viktors fast neuem Citroën Traction Six ausnahm wie ein Rennwagen.

Als Primaner beabsichtigte Arno, Sänger zu werden, denn er besass eine imposante Tenorstimme – nicht unbedingt kräftig genug für die Wiener Staatsoper oder die Metropolitan Opera in New York, aber für Bern hätte sie allemal gereicht.

In der Welt der Medizin hatte er ein grosses Vorbild; es war der schwedische Professor Åke Senning. Den berühmten Arzt hatte er während eines Studienaufenthalts, der Dank der Beziehungen seines alten Herrn zustande kam, in Schweden persönlich kennengelernt. Arno kehrte begeistert in die Heimat zurück und schwärmte vom Kardiologen. Erst recht, als der Herzchirurg 1958 in Stockholm auch noch den ersten Herzschrittmacher implantierte.

Arno war mit seinen Eltern schon sehr weit gereist. Er war auf allen Kontinenten der Welt ein wenig zu Hause und kannte viele Länder der Erde besser als Marcel seine winzige Kammer in Bern. Arno hatte bereits als Kandidat seine eigene medizinische Fachzeitschrift abonniert. So wusste er stets über die Neuentwicklungen oder Erstoperationen in der Medizin Bescheid. Davon profitierten auch Viktor und Marcel. Durch ihren Freund waren auch sie immer auf dem Laufenden, nicht nur in der Medizin, sondern ebenso in der Politik und im Sport. Auch die Oper begleitete ihn in jener Phase des Lebens, als er noch Zeit dafür fand. Er besuchte oft bedeutende Aufführungen und erzählte seinen Freunden davon, was vor allem Marcel die Oper näherbrachte.

Viktor Piller, der zweite des Triumvirats, stammte aus einer reichen Bankiersfamilie und schwebte auf der innersten Bahn, auf jener des Merkurs. Er war klein als Planet und als Mensch. Aber nur vom Wuchs her gesehen, sonst hochintelligent. In dieser Hinsicht übertraf er die beiden deutlich. Zu den Frauen und dem Sport hatte er ein eher ambivalentes Verhältnis. Pillers Liebe galt fast ausschliesslich der Physik und der Mathematik. Daneben liebte er schnelle Autos und die Geheimnisse des Kosmos. Arno und Marcel hörten Viktor gerne zu, wenn er vom Urknall vor vierzehn Milliarden Jahren und der Entstehung des Universums sprach, als wäre er dabei gewesen. Wie sich damals im Bruchteil einer Sekunde der Kosmos entwickelte und sich von da an mit unglaublicher Geschwindigkeit ausdehnte, weiter und weiter und sich immer noch ausdehnt. Kurz vor dem Physikum[3] überbot er sich selbst, als er seinen Kollegen die Krümmung des Raums zu erklären versuchte. Er sprach – und man glaubte fast, Albert Einstein zu hören:

«Das ist alles ganz einfach. Die Materie befiehlt dem Raum, wie er sich zu krümmen hat, und der gekrümmte Raum sagt der Materie, wie sie sich bewegen soll.»

Seine beiden Zuhörer schauten sich fragend an und nickten, ohne weitere Fragen zu stellen. Sie bestanden die erste medizinische Vorprüfung auch so.

Mit Arnos «Opernkram» hatte Viktor nichts am Hut. Sein Gehör lieh er dem Jazz. Dort war er sattelfest wie in der Physik. In der Freizeit spielte er sehr gut Trompete. Er war ein so grosser Fan von Louis Armstrong, dass er dessen Geburtstag

---

3 Nach den zwei ersten Semestern des Medizinstudiums
   abzulegendes Vorexamen, bei dem Physik und Chemie,
   Botanik und Zoologie geprüft wurden.

am 4. August jeweils feierte wie den Nationalfeiertag. Als der Musiker starb, hätte Viktor am liebsten alle Flaggen in der Schweiz auf Halbmast gesetzt.

Bemerkenswert war auch sein Interesse für die medizinische Chemie oder chemische Medizin – Biochemie – schon während der klinischen Semester. Dies sollte später für ihn und Arno weitreichende Folgen haben.

Viktor wohnte noch bei seinen Eltern in einem Vorort von Bern, einem grossen, reichen Dorf in einer äusserst steuergünstigen Gemeinde. Dort wohnte man nicht, man residierte, vor allem der alte Geldadel, aber auch Neureiche, Industrielle und Bankiers. Pillers lebten in einer schlossähnlichen Villa; die Eltern im Parterre, Viktor im grosszügigen zweiten Stock, einem Logis, das dreimal so gross war wie die Mietwohnung von Marcels Eltern. Diese wohnten direkt an der Aare, dem behäbig strömenden Fluss, der die Stadt Bern und ihre Agglomeration in zwei ungleiche Hälften teilte.

Auf der äussersten Bahn, jener der Erde im heimatlichen Sonnensystem, drehte Marcel Junod seine Runden. Er war der Drittplatzierte, was seine existenzielle Bedeutung betraf und auch in der späteren medizinisch-wissenschaftlichen Hierarchie. Er trug einen Schnauzbart, und sein Haupt bedeckte ein stets sauber geschnittener dunkelbrauner Bürstenschnitt.

Marcel hatte neben dem Studium und der späteren Facharztausbildung nichts zu bieten. Als Spross eines wenig begüterten Handwerkers blieb er ein Leben lang ein Träumer, Fantast und Philosoph, verlor aber nie die Bodenhaftung. Er dachte und handelte eher konservativ, achtete auf Traditionen, schätzte die Wahrheit und richtete sich nach dem Gesetz. Marcel stammte aus einer intakten Familie, was er in den Elternhäusern seiner Mitstudenten vermisste.

Er las gerne. Nicht nur die gängigen Dichter und Schriftsteller jener Tage wie Hesse und Mann, Frisch und Dürrenmatt, Sartre und Camus, sondern auch Kant, Schopenhauer, Nietzsche, obwohl deren Texte manchmal kaum zu verstehen waren. Daneben hörte er gerne klassische Musik am Radio. In Konzerten sah man ihn sehr selten – zu kostspielig für sein schmales Budget. Dafür dirigierte er in seiner Bude auf einem Schemel die Symphonien von Beethoven und Schubert und die Brandenburgischen Konzerte von Bach ab Schallplatte. Er hörte aber auch gerne Ländler – Musik, mit der er aufgewachsen war. Mädchen mochte er ebenso wie Autos. Aber für beides fehlte ihm das Geld. In Sachen Sport fuhr er ganz passabel Ski. Tennis und Golf, die Sportarten seiner Freunde kannte er nur als Zuschauer, verzichtete allerdings gerne darauf, ebenso auf die Extravaganz dieser Gesellschaft. Als er noch zu Hause wohnte, galt es Hand anzulegen. Auch später an der Universität half er daheim, vor allem in den langen Ferien. Daneben gab er Schule und Nachhilfestunden, um sein Studium zu finanzieren.

Viktors Vater, Generaldirektor Piller, mochte Marcel. Nach bestandenem Anatomikum[4] bot er dem jungen Mann ein zinsloses Darlehen an. Doch Marcel lehnte freundlich aber entschieden ab. Der eigenwillige Jüngling wusste bereits im Gymnasium, dass er dereinst Arzt werden wollte, und zwar aus eigener Kraft, um später als allgemein praktizierender Doktor im bürgerlichen Leben Tritt zu fassen. Marcels Vorbild war der langjährige Hausarzt der Familie Junod; ein Doktor für alles vom Scheitel bis zur Sohle. So lief Marcel unbeirrt auf seiner eigenen Bahn. Er wusste, was er wollte

---

4 Zweite medizinische Vorprüfung

und was er nicht wollte und liess sich weder von Arno noch von Viktor ablenken.

Von den dreien war Arnold Schoener der Ehrgeizigste und Anmassendste. Viktor Piller war der Cleverste, aber auch Komplizierteste und Marcel Junod der Bodenständigste und Standhafteste. Obwohl diese drei jungen Männer vom Charakter, dem Aussehen und der familiären Herkunft verschiedener nicht hätten sein können, hingen sie vom ersten Tag ihres Studiums und in den darauffolgenden Jahrzehnten aneinander wie Drillinge – oft in einer fast gefährlichen Symbiose. Sie lernten und stritten, feierten und langweilten sich zusammen und verfolgten eine gewisse Zeit lang auch dieselben Ziele. Ihre Wege sollten sich jedoch im Laufe der Zeit in völlig unterschiedliche und zum Teil sehr fragwürdige Richtungen entwickeln.

Die Geschichte begann 1954 in Bern, im Jahr, als die bundesdeutsche Fussballnationalmannschaft die hoch favorisierten Elf von Ungarn im Wankdorf-Stadion vor rund 60 000 Zuschauern mit drei zu zwei Toren schlug. Der Weltmeistertitel gab der lädierten Seele Deutschlands wieder Selbstvertrauen und Auftrieb. Der Sieg sollte als «Wunder von Bern» in die Geschichte eingehen. Keiner der drei Studenten sass damals auf der Tribüne, weil entweder das Interesse fehlte oder das Geld. Es war auch tags darauf an der Universität Bern kein grosses Thema für die drei. Sie hatten andere Sorgen.

Der Zufall oder das Schicksal – je nach philosophischem oder theologischem Blickwinkel – wollte es, dass die Burschen in ihrer ersten vorklinischen Vorlesung im Fach Physik nebeneinander zu sitzen kamen. Sie kannten einander noch nicht. Vordergründig sahen sie zwar auf die skurrilen Zeichen auf der schwarzen Wandtafel unten beim Professor, daneben aber auch diskret über die Schultern zu den Nachbarn.

Viktor Piller sass zwischen Arno und Marcel. Der eingekeilte Kommilitone hatte praktisch nichts von der Vorlesung. Andauernd fragte ihn entweder der Kerl links oder jener rechts etwas zu den Maxwell-Gleichungen in der Elektrodynamik, worüber der Dozent referierte. Für Arno Schoener und Marcel Junod waren es Worte und Laute aus einer andern Welt. Sie hätten die Vorlesung ebenso gut auf Chinesisch hören können.

Nach der Vorlesung stellten sich die drei Studenten gegenseitig mit Namen und Fakultät vor und nannten auch ihre Studienrichtung, da neben den Human-, Zahn- und Veterinärmedizinern auch noch Pharmazeuten im Kolleg sassen. Arno erklärte, dass er keine Ahnung von dem komischen Zeug habe und diese Gleichungen als Arzt bestimmt nie brauchen würde. Marcel nickte ihm zu und ergänzte, dass Physik auch für ihn ein Buch mit sieben Siegeln sei. Viktor, fast einen Kopf kleiner als die zwei Nicht-Physiker, sagte, die Physikstunde sei sehr aufschlussreich gewesen, aber eigentlich studiere auch er Medizin. Die drei Studenten waren sich auf Anhieb sympathisch und gaben sich die Hand, als schlössen sie wortlos einen geheimen Bund. Sie quatschten noch eine Weile vor dem Hörsaal weiter, bis der Kleine vorschlug, bei einem Kaffee in der Mensa weiterzuplaudern. Unverzüglich verliessen sie das Physikalische Institut der Universität und marschierten Richtung Mensa. Noch bevor sie die Hochschulkantine erreichten, waren sie per Du. In jener Stunde sollte eine ganz dicke Freundschaft ihren Anfang nehmen, die viele Jahre lang jeder Hitze und Kälte und jedem Sturm trotzte.

Die drei trafen sich von da an fast täglich. Zuerst in den Vorlesungen oder Praktika der Chemie und Physik, Botanik oder Zoologie, in Fächern, die so gut wie nichts mit Medizin zu tun hatten und nach bestandenem Physikum[5] abgehakt und mehr oder weniger vergessen werden konnten. Danach gings mit Medizin so richtig los: Anatomie und Histologie, Physiologie und medizinische Chemie lauteten die Zauberwörter – für einige erneut ein gewaltiger Stolperstein auf dem

---

5   Nach den ersten Semestern des Medizinstudiums
    abzulegendes Vorexamen

steilen Weg hinauf zu den Sternen, oder wie es auf Lateinisch so schön heisst: per aspera ad astra.

Arno, Viktor und Marcel verbrachten ihr Leben nun vor allem im Anatomischen Institut – entweder mit Vorlesungen oder mit der Sektion von Leichen. Diese sogenannten Präparationskurse dezimierten die Studentenzahl erneut; fast noch mehr als das Physikum. Einige hielten den beissenden Geruch des Formalins nicht aus, mit denen die Leichen zur Konservierung behandelt waren, andere verkrafteten den Anblick der toten Menschen kaum. Und wiederum andere brachten es nicht über sich, an diesen dann noch herumzuschnipseln. Kein Beruf für Dünnhäutige! Einige Zartbesaitete entschlossen sich daher zum Fakultätswechsel. Sie verzogen sich zu den Juristen oder Theologen, zu den Physikern oder Nationalökonomen. Andere kehrten der Universität ganz den Rücken. Nicht so unsere drei Planeten. Sie kreisten weiterhin wohlgemut um die wärmende Sonne Medizin.

Abends, wenn sie ausgelaugt den Seziersaal verliessen, führte sie ihr Weg oft und direkt ins Café *Falken* in der Altstadt. «Extra muros», wie sie spasseshalber zu sagen pflegten, ausserhalb der Mauern der Anatomie fühlten sie wieder den Puls der Lebendigen. Sie waren eben auch Kinder ihrer Zeit. Nur verständlich, dass sie gesellige Stunden mit andern jungen Frauen und Männern wie Studenten, Kunstmalern und Schriftstellern, aber auch Handwerkern und Beamten, Lehrern und sogar Faulenzern teilen wollten, die sich zuhauf im *Falken* trafen. Jeder konnte hier dem Schwarmtrieb frönen. Wer in dieser Beiz[6] sass, war nie allein.

---

6 Wirtshaus, Kneipe

In dieser vielfältigen Kneipenkultur regte sich auch ihr innerer Trieb, Weltverbesserer, Philosophen oder Künstler, nicht selten auch nur Müssiggänger zu sein. Wenn ihre Köpfe vor lauter Muskel- und Sehnenansätzen, Arterien- und Venenverläufen, Aktionspotentialen und Proteinsynthesen fast zerbarsten, erholten sie sich am liebsten in kontroversen Wortgefechten über Gott und die Welt – Auseinandersetzungen, die ab und zu recht hitzig wurden.

Arno bezeichnete sich als Ex-Katholik. Viktor oder Vik, wie ihn seine Freunde meist nannten, war seit der tristen Geschichte mit seiner Cousine Nihilist. Nur Marcel, zurückhaltend im christlichen Glauben erzogen, blieb bei Gott oder doch bei einer Macht, die einen Einfluss auf alles Leben hatte. Oft diskutierte man auch quer über die Tische hinweg mit andern Gästen, stets mit einem Becher Bier oder einem Glas Wein vor sich.

Die Philosophiestudentinnen, denen das Restaurant zum Ort ihres Praktikums wurde, waren dort fast täglich anzutreffen und rauchten eine Zigarette nach der andern wie ihr Vorbild Simone de Beauvoir. Derweil die männlichen Mitdenker Pfeife auf Pfeife pafften wie Jean-Paul Sartre, der in jenen Tagen besonders angesagt war. Die Gaststube war stets verqualmt. Die Kleider stanken am nächsten Tag wie erkaltete Aschenbecher.

Dann und wann gab der eine oder die andere mit verklärter Miene und tiefen Falten in der Stirn eine heideggersche Weisheit von sich, ohne sie selbst recht zu verstehen. Ein schon lange überfälliger Maturand, sein Vater war Theologieprofessor, glänzte regelmässig mit dem existenzial-philosophischen Auswurf:

«Ich denke, dass ich etwas weiss. Aber wie kann ich wissen, dass ich weiss, was ich weiss …?»

Möglichweise war der verrenkte Spruch schuld daran, dass er die Matura nicht schaffte. Es waren Worte, die für den Professorensohn anscheinend nur existierten, um intellektuell zu bestehen. Eine gewisse Wirkung verfehlten diese Phrasen nur selten. Vor allem bei jungen Gymnasiastinnen oder Seminaristinnen traf sein philosophischer Priapismus öfter ins Schwarze. Blaustrümpfe schienen besonders anfällig auf den Typ zu sein. Sie klebten an den Lippen des Rasputin-ähnlichen Kolosses. «Yeti» wurde er genannt. Wenn er genug flüssige Intelligenz getankt hatte, waren alle Frauen für ihn gleich, er konnte sie nicht unterscheiden; es war einfach Fleisch. Er zeigte sich oft in einem langen weissen Gewand, seinem spirituellen Nachthemd. Mit seinen zwei Metern Grösse und seiner Masse hatte er etwas von einem kampfversehrten Sumoringer. Um das Interesse entwurzelter Studentinnen auf sich zu ziehen, genügte gegen Mitternacht, die emanzipatorische Weisheit jener Tage zu hauchen:

«Du bist frei, also entscheide selbst, was du willst», und schon schmachteten die Augen der einsamen Jungfrauen hingebungsvoll.

Recht wortgewandt in solchen Plaudereien waren auch Arno Schoener und Marcel Junod. Viktor dagegen weniger. Er verstand zwar viel von der Thermodynamik, aber nichts von der Dynamik der Zweisamkeit. Die war seinen Kumpanen vertrauter. Er hatte schreckliche Hemmungen vor überphilosophierten Frauen und litt zeitlebens unter dem Verlust seiner einstigen grossen Liebe.

Viktor sprach oft davon, später einmal in die Forschung zu gehen. Auf welchem Gebiet liess er noch offen. Es musste natürlich etwas mit Medizin zu tun haben. Wozu sonst das ganze Studium? Vielleicht klinische Chemie, Biochemie oder

Pharmazie. Sein Onkel, der Bruder seines Vaters, sass im Verwaltungsrat des Pharmaunternehmens Ciber AG in Basel. Das könnte sich dereinst als nützlich erweisen, dachte er stets, erwähnte es aber nie gegenüber seinen Freunden.

Das Innenleben der Zellen, jene winzigen Bausteine des Körpers, begeisterte den Medizinstudenten von Anfang an mehr als alles andere. In den Zoologie- und Botanikvorlesungen und in den Praktika der ersten beiden Semester war er Primus. Er wusste vieles besser als die Assistenten der Professoren. Den Ausschlag für die neuerliche Liebe zur Zytologie soll, wie er den Freunden verriet, ein berühmter Berner Arzt gegeben haben. Dieser war mit den Eltern per Du und ging im Hause Piller nicht nur als Doktor ein und aus, sondern auch als Freund. Als die Studiosi bei Viktor für einmal nicht repetierten, sondern pokerten, konnten sie den berühmten Mann von Viktors Balkon aus beobachten, wie er mit den Eltern im Garten die leuchtend gelben Herbstblätter des Ginkobaumes bewunderte. Dieser Berner Doktor hatte weltweite Berühmtheit erlangt. Es gelang ihm nämlich, Papst Pius XII zu heilen – mit Frischzellen! Der Nachfolger Petri starb vier Jahre später im Alter von zweiundachtzig Jahren. Aufgrund der Therapie wurde der Schweizer Mediziner sogar als Nachfolger des verstorbenen Penicillin-Entdeckers Alexander Fleming zum Mitglied der *Päpstlichen Akademie der Wissenschaften* ernannt. Sein Name: Dr. med. Paul Niehans. Dieser injizierte dem Heiligen Vater Frischzellen aus dem Gewebe junger Tiere oder Föten und revitalisierte damit das angejahrte Gewebe des Stellvertreters Christi auf Erden. In Selbstversuchen soll der Berner schon lange vorher äusserst verblüffende Erfolge mit seiner Methode gehabt haben.

Vertreter der universitären Medizin unterwarfen die «Niehans-Methode» allerdings einer wissenschaftlichen Prüfung. Das Resultat war äusserst ernüchternd. Die Wirkung war minimal, wenn überhaupt. Doch Viktor schaute in jenen Tagen am Papstheiler hinauf wie zu einem Filmstar. Später beschränkte sich Viktors jugendliche Begeisterung für den schillernden Doktor nur noch auf dessen spektakuläre genetische Abstammung, er soll ein illegaler Spross des Deutschen Kaiserhauses gewesen sein.

Den vermeintlichen Behandlungserfolg, der dem Heiligen Vater das Leben angeblich mindestens um vier Jahre verlängerte, vermarktete der kaiserliche Neffe Dr. Niehans übrigens dermassen wirkungsvoll, dass sich in der Folge noch weitere Prominente Frischzellen spritzen liessen wie etwa der äthiopische Kaiser Haile Selassie, der japanische Kaiser Hirohito oder der deutsche Starkomiker Willy Millowitsch.

Motivierend für Viktors Forscherenthusiasmus waren die Heilverfahren und Medikamente, die gerade en vogue waren. Am liebsten hätte er in sämtlichen Sparten der Medizin und deren Randgebieten geforscht und mitgemacht. Aber es gab noch einen anderen Grund für sein inneres Feuer für neue Heilverfahren und Medikamente:

Als die drei wieder einmal stundenlang Physiologie und Biochemie repetiert und einander darüber abgefragt hatten, verflüchtigten sie sich gegen Abend in Richtung Café *Falken*. Arno und Marcel sassen bereits beim Bier und warteten auf Viktor. Da kam er ausser Atem angerannt. In der Hand trug er eine Zeitung, die er nun in einer seltsamen Mischung aus Freude und Verärgerung zwischen die beiden Biergläser der Freunde auf den Tisch knallte. Als er Platz genommen hatte, schlug er Seite zwei auf und zeigte auf die Überschrift:

«Lest das … unbedingt … sofort!», befahl er.

Nach einer Weile, als die Kollegen den Artikel überflogen hatten und Arno die Zeitung zurückgeben wollte, legte Viktor los, wie man ihn sonst nicht kannte. Mit feuchten Augen zeterte er:

«Nur ein Jahr früher, und meine Cousine – die Seele von einem Menschen, eine junge Frau, schöner als jede Rose – hätte nie in einem Rollstuhl sitzen müssen!»

Derartige, fast poetische Aperçus aus Viktors Munde waren den Kumpeln neu. Sein Herz schlug normalerweise für die Naturwissenschaft und nicht für die Romantik. Seine Freunde harrten einer Erklärung und rührten sich nicht, sassen wie paralysiert auf ihren Stühlen. Viktor spürte die Anspannung und hob mit gedämpfter Stimme an, dabei lief ihm eine Träne über die Wange.

«Der Impfstoff, den dieser geniale Jonas Salk aus abgetöteten Poliomyelitis-Viren gegen Kinderlähmung entwickelt hat, ist sensationell – epochal!»

Das Wort «epochaaal» sprach er so laut aus, dass sich die Köpfe der Gäste am Nachbartisch abrupt den dreien zuwandten. Marcel legte dem aufgebrachten Kumpel im selben Augenblick sachte die Hand auf den Arm und gab dosierten Druck, als drückte er sanft auf ein virtuelles Bremspedal.

Viktor hatte verstanden und beruhigte sich allmählich. Marcel flüsterte, ohne zu ahnen, warum sein Freund so aufgewühlt war:

«Klar ist das super, aber deswegen brauchst du doch nicht gleich durchzudrehen.»

Viktor schüttelte den Kopf, äugte mit feurigen Blicken über die Schulter hinweg nach dem Kellner. Er streckte die

Hand in die Höhe, schnippte mit den Fingern und wisperte mit übertrieben leisem Organ:

«Bringen Sie uns bitte doch noch drei Bier.»

Kaum bestellt standen die drei Hellen schon auf dem Tisch.

«Meine Brüder», begann er mit ernster Miene, «lasst uns auf Jonas Salk, den amerikanischen Virologen und seinen Impfstoff anstossen!»

Man stiess erwartungsvoll an. Da lag aber noch etwas in der Luft. Viktor leerte sein Glas in einem Zug und begann:

«Meine gelähmte Cousine ist … war gleich alt wie ich. Wir spürten …», er machte eine kleine Pause, als ob er sich nicht sicher war, diese Geschichte wirklich erzählen zu wollen, «… wir spürten schon lange, genau genommen schon immer, dass wir zusammengehören. Nicht wie Bruder und Schwester», betonte er und fixierte gleichzeitig seine Freunde mit stechenden Augen, «sondern wie Mann und Frau.»

Arno und Marcel dachten in diesem Augenblick dasselbe und schauten sich verstohlen an im Glauben, dass Viktor ihre verwunderten Blicke nicht sehen würde.

«Ihr braucht gar nicht so heimlich zu tun und versteckt zu gucken. Ja, meine Cousine und ich wollten später heiraten. Wir sind verlobt … wir waren verlobt. Bis diese gottverdammte Poliomyelitis kam und sie in den Rollstuhl warf. Von da an wollte sie nichts mehr von mir wissen. Ich suchte sie auf. Immer und immer wieder. Sie liess mich abblitzen. Ich gab nicht auf und schrieb ihr einen Brief nach dem andern. Nichts! Keine Antwort. Ich fragte sie sogar per Telegramm, ob sie mich denn nicht mehr liebe.»

Er legte eine Pause ein und trank gierig Arnos Bier, das noch unangetastet auf dem Tisch stand. Dann schnalzte er mit der Zunge und tat einen tiefen Seufzer. Marcel Junod wurde ungeduldig; er fragte gepresst, was sie denn geantwortet habe.

Viktor tat erneut einen tiefen Seufzer und kramte in seinen Hosentaschen. Zum Vorschein kam ein zusammengefalteter Brief:

«Da, lest ihre Antwort selbst!»

Er wies auf den letzten Absatz des Schriftstücks hin und tippte mehrmals auf den Zeilenanfang. Arno und Marcel sassen nebeneinander. Sie lasen:

Ich will nicht, mein geliebter Viktor, dass du dein Leben für mich wegwirfst. Selbst wenn du das Opfer für mich bringen würdest. Ich kann und will es nicht annehmen. Ich werde dir nie und nimmer die Frau sein können, die du einmal geliebt hast. Jetzt sitze ich für immer im Rollstuhl. Mein Körper ist defekt, mein Herz lädiert und meine Seele längst auf Wanderung. Wir würden einander gegenseitig nur belügen. Also fügen wir uns dem Schicksal. Meine Kinderlähmung hat bestimmt einen Sinn, muss einen Sinn haben, auch wenn ich ihn nicht sehe! Noch nicht. In ewiger Liebe, deine ...

Grabesstille. Jeder hätte gerne etwas gesagt. Keiner wagte sich. Die Wirkung des Biers bei Viktor rettete für einen kleinen Moment die unglückliche Stimmung. Als er nach der Toilette zurück an den Tisch kam, raffte sich Marcel auf.

«Aber deine Cousine ... heiraten ...? Das wäre doch gar nicht gegangen. Ich meine jetzt nicht aus moralischen, sondern aus juristischen Gründen und so, oder ...?»

Er hatte die Frage mehr gehaucht als ausgesprochen, umständlich und zaudernd. Viktor schien die Frage erwartet zu haben. Er antwortete noch leiser als Marcel geflüstert hatte:

«Das ist nicht ganz korrekt. Cousin und Cousine dürfen einander de jure heiraten. Aber in meinem Fall, das heisst in unserem Fall war es noch ein wenig anders: Sie war in Tat und Wahrheit gar nicht meine genetische Cousine. Nur vom Gesetz her. Biologisch waren wir nicht miteinander verwandt. Sie wurde als Säugling von meinem Onkel in Basel, dem Bruder meines Vaters, und dessen Frau adoptiert. Daher trug sie auch denselben Familiennamen wie ich: Piller. Kein Aussenstehender wäre je dahintergekommen. Auch ich nicht, wenn nicht der Zufall nachgeholfen hätte. Mir fiel in ihrem Ausweis auf, dass beim Heimatort nicht derselbe Ort aufgeführt war wie bei mir. So klärte sich die Sache auf. Ich nannte sie weiterhin Cousine.»

Viktor war kaum mehr fähig, seine letzten Worte verständlich zu artikulieren. Nicht wegen des Alkohols. Nach einer stillen Weile packte er den Brief auf dem Tisch. Beim Zusammenfalten sagte er mit Tränen in den Augen:

«Sie ertrug ihr Schicksal nicht. Eines Morgens lag sie tot im Bett. Sie hat jenen Weg gewählt, den sie noch selbst gehen konnte. Sie hat damals auch meine Liebe mitgenommen.»

Jeder schlich an jenem Abend auf einem anderen Weg heim, geschlagen, nachdenklich, wehmütig. Viktor hatte schon vor geraumer Zeit kategorisch erklärt, dass er nicht mehr an Gott glaube, überhaupt an nichts mehr. Seine Busenfreunde wussten nun weshalb. Marcel, der mit seinem Bürstenschnitt maskulin und eher kantig wirkte, war jener mit der dünnsten Haut. Er tat sich auf dem weiten Heimweg zu Fuss besonders schwer. Er haderte wieder einmal mit Gott und zweifelte an dessen Existenz oder wenigstens an seiner Güte und Stärke.

Auch Arno hatte seine Frauengeschichten, die ihn jahrzehntelang beschäftigten und nicht unschuldig waren an seinem späteren Verhalten. Seine erste wirklich grosse Liebe lernte er eines Abends im *Falken* kennen. Es war eine sehr hübsche junge, aber auch launenhafte und eigenwillige Französin, eine Frauenrechtlerin. Sie hätte in der Art und im Auftreten gut und gerne die Tochter der exzentrischen Simone de Beauvoir sein können. Jene war damals um die fünfzig, besang nicht nur die freie Liebe, sondern lebte sie auch vor allen Augen der Welt mit Jean-Paul Sartre aus. In ihren Büchern rief sie die Frauen auf, ohne Wenn und Aber für ihre Rechte zu kämpfen. Die adrette Gallierin, die Arno im *Falken* völlig den Kopf verdrehte, hiess wohl nicht zu Unrecht auch Simone.

Arno Schoener war nicht mehr imstande, sich mit den andern zu unterhalten, hatte nur noch Blicke für die belle Française. Die zwei sonderten sich in einer stillen Ecke des Restaurants ab. Jean-Paul Sartre war Simones grosses Thema. Fast die ganze Zeit über redete nur sie, als hielte sie einen Vortrag. Es ging nicht lange, und der sommersprossige Medizinstudent wurde ein glühender Verehrer des französischen Existenzphilosophen. Dies verleitete Marcel schon bald dazu, dem abtrünnigen Rotschopf den Spottnamen «Shampoo» zu geben – eine etwas despektierliche Abkürzung von Jean-Paul. Arno mochte es, wenn ihn seine Freunde «Shampoo» nannten. Wohl weil der Spitzname die Nähe zu Simone mitsamt ihrer Lebensauffassung ausdrückte, die von einem Tag zum anderen auch die seine wurde. Simone hatte, wie er später verriet, an der Sorbonne in Paris mit dem Philosophiestudium begonnen, aber mittendrin abgebrochen. Dann strandete sie an der Universität Bern, wo sie angeblich moderne Literatur und Geschichte belegte.

In den folgenden Wochen traf man Arno weit mehr im *Falken* als in den Hörsälen der Universität. Seine Simone de Beauvoir trug den Familiennamen Raymond, präziser de Raymond – Simone de Raymond, was ziemlich aristokratisch klang. La Demoiselle de Raymond quatschte Shampoo stundenlang mit ihrem Sartre voll, bis er rund zwei Monate später plötzlich daherkam und seinen Kommilitonen kurz und bündig erklärte, dass er die Medizin an den Nagel hänge und mit Simone nach Paris fahre, um Philosophie zu studieren.

«Wir ziehen in die Stadt der Existenzialphilosophie», hängte er emotionslos an.

Es war ihm ernst. In der Stadt an der Seine sah er sein künftiges Leben an der Seite von Simone. In völliger Selbstbestimmung und freier Liebe, aber ohne Geld. Denn er selbst hatte nichts. Noch nichts. Und die Französin noch weniger. Vielleicht würde ihm sein Vater in Sachen «freie Liebe» ja Pate stehen, dachten seine Freunde. Herr Schoener, munkelte man schon lange, habe seit Jahr und Tag wechselnde Geliebte. Und da musste etwas dran sein. Durch Zufall sahen nämlich eines Abends die Studenten – Arno war auch dabei – den Alten eng umschlungen mit einer jungen Frau in der Stadt in eine exklusive Bar ziehen. Arno schien es bereits gewusst oder zumindest geahnt zu haben. Er war überhaupt nicht überrascht, schwieg jedoch und litt wohl still in sich hinein, vor allem wegen seiner Mama, die kaum mehr aus dem Haus kam.

Arno wurde an der Uni nicht mehr gesehen. Auch im *Falken* nicht. Seine Eltern verstanden ihren Filius nicht mehr. Von «Gehirnwäsche» und «Weibergeschwätz» sprach der alte Schoener in einem Gemisch von Wut, Enttäuschung, Ratlosigkeit und Resignation. Das Familienoberhaupt war wie gelähmt. Schoener versprach den Freunden den Mond vom Himmel herunterzuholen, wenn es ihnen gelänge, Arno wieder umzustimmen und wachzurütteln, «diesen elenden Spinner».

Viktor und Marcel gingen zu Arnos Wohnung, drangen dort ein wie ein Überfallkommando, packten den Verblüfften und nahmen ihn in die Zange. Sie drängten ihn, Simone auf die Probe zu stellen. Er solle vor dem geplanten Exodus aus Bern das Studium abschliessen. Wenn Simone ihn so sehr liebe, wie sie behaupte, dann würde sie ihn verstehen und auf ihn warten. Danach könne er immer noch nach Paris ziehen und an der Sorbonne studieren. Die Stadt laufe nicht weg, auch nicht die Universität, aber vielleicht die Simone.

Und, oh Wunder, das logische Argument mit der Liebe, die versteht und wartet, wirkte, langsam zwar, aber nach stundenlangem Diskutieren doch kräftig genug, dass Arno auf seine Busenfreunde hörte. Noch am selben Tag soll sich der Vater bereit erklärt haben, die spätere Ausbildung der zwei in Paris zu finanzieren, mitsamt Familie und allenfalls auch dem Nachwuchs.

Arno versprach, mit Simone zu reden und ihr das mit der Liebe, dem Verstehen, dem Warten und dem Danach bei einem Abendessen darzulegen. Bloss fand er sie nicht mehr. Sie war spurlos verschwunden. Simone de Raymond war über alle Berge. Weg, ohne jemandem zu verraten wohin.

Von da an hüteten sich Viktor und Marcel, ihren Kumpel weiterhin mit «Shampoo» anzureden.

Die drei Freunde steckten nun schon seit einiger Zeit in den klinischen Semestern: Chirurgie und innere Medizin, Ophthalmologie und Otorhinolaryngologie, Pädiatrie und Gynäkologie und vieles mehr füllten ihre Köpfe. Man schrieb das Jahr 1960. Ein brandneues Psychopharmakon mit dem Namen *Librium* war eben auf den Markt gekommen, um Geistesgestörte zu beruhigen und Alkoholiker im Delirium tremens von ihren weissen Mäusen zu befreien. Auch für Nierenpatienten war eine neue Zeit angebrochen: Mit der *Dialyse* war eine Methode gefunden, das Blut bei Nierenfunktionsstörungen zu reinigen: Der Patient wird an die sogenannte Eiserne Niere angeschlossen, dann wird dessen Blut, das von der Armarterie durch eine Maschine strömt, gereinigt – «hämodialysiert» – und wieder in die Armvene zurückgepresst. Damit wurde es möglich, Patienten mit Niereninsuffizienz über viele Jahre am Leben zu erhalten und ihnen zeitweise sogar ein einigermassen normales Dasein zu ermöglichen.

Unter dem Namen *Enovid* kam im selben Jahr in den USA ein empfängnisverhütendes Medikament in den Handel: die Antibabypille. Sie leistete der Philosophie der freien Liebe, wie sie Jean-Paul Sartre und Co propagierten, praktischen Vorschub. Die sexuelle Selbstbestimmung der modernen Frau hatte damit eine neue Dimension erlangt. In den Zeitungen jener Tage war zu lesen:

«Die Pille verschafft den Frauen endlich Freiräume.»

Und erst den Männern …!

Die Erfindung der Antibabypille blieb in den Industrieländern nicht ohne Folgen; sie förderte in hohem Mass den als «Pillenknick» bezeichneten drastischen Geburtenrückgang nach 1960.

Fast jeden Tag kamen nun neue und bessere Medikamente auf die Ärzteschaft und damit auf die Patienten zu. Darunter auch ein erstmals synthetisch hergestelltes Antibiotikum namens *Terramycin* – ein Segen bei bakteriellen Infekten.

Kamen plötzlich nur noch Wundermittel auf den Markt? Nein! Es gab auch Medikamente, die zu früh und viel zu wenig erforscht, aus rein finanziellen Perspektiven auf den Markt geworfen wurden und Katastrophen mit unsagbarem Leid hervorriefen wie etwa der Wirkstoff *Thalidomid*. Als Präparat wurde er unter dem Namen *Contergan* bekannt und berüchtigt. Ein angeblich völlig harmloses Beruhigungsmittel, das viele schwangere Frauen bei Schlafstörungen auf Empfehlung ihres Arztes schluckten. Doch diese *Contergan*-Tabletten führten zu furchtbaren Missbildungen bei Kindern. Kleine Menschlein kamen mit zu kurzen Armen oder Beinen oder andern stark verstümmelten Extremitäten zur Welt. Die ersten Schäden durch jene millionenfach eingenommenen Tabletten wurden zunächst vom Pharmaunternehmen heruntergespielt. Bilder von den missgebildeten armen Geschöpfen gingen um den Globus. In der Folge wurden weltweit Schadenersatzklagen an den Hersteller gerichtet, bis endlich Bewegung in die traurige Geschichte kam. Es führte zu einem skandalösen Prozess. Am hundertneunundneunzigsten Verhandlungstag im *Contergan*-Prozess bot die Firma *Chemie Grünenthal* hundert Millionen Mark für missgebildete Kinder, sofern mit der Zahlung «alle weiteren Haftpflichtansprüche an die Firma und deren Angeklagten» ausgeschlossen würden. Damit wollte das Pharmaunternehmen weitere Rechtsstreitigkeiten vermeiden. Erst Jahre nach dem Auftreten der ersten Contergan-Schäden zog die Herstellerfirma das *Thalidomid* aus dem Handel.

Mit Bravour legten die drei Freunde ihr Staatsexamen ab, das sich fast über ein halbes Jahr erstreckte. Im Anschluss hängten sie ohne Unterbrechung ihre postuniversitäre Ausbildung an, bis jeder seinen Spezialarzttitel hatte.

Arno wurde Gastroenterologe, also Magen-Darm-Spezialist. Man sah ihn nach den ersten drei Jahren nur noch selten im Elternhaus. Dies hatte seinen Grund: Die Mutter war im ersten Jahr nach seinem Abschluss an Krebs gestorben. Der Vater, um einige Jahre älter als die Mama, schien am Verlust seiner Ehefrau nicht heftig zu leiden. Seine neue Frau hätte vom Alter her gut zum Sohn gepasst. Man sah den alten Herrn fortan mit seiner Eroberung an Rockkonzerten, wo er genauso wenig hinpasste wie ein Clochard an ein Galakonzert. Die Nacht wurde dem Alten zum Tag. Die Leere zur Fülle. Die Stille zum Rummelplatz. Papa Schoener überhäufte seine Dulzinea mit Geschenken, zum Beispiel mit einem neuen knallroten Sportwagen. Die Jugend baute den alten Mann auf, während sich sein Vermögen abbaute.

Arno dagegen baute es rasch auf. Er bildete sich in den USA an zwei Elite-Universitätskliniken weiter, kam in die Schweiz zurück und schrieb seine Habilitation. Er wurde Privatdozent und wenig später bereits ausserordentlicher Professor und stellvertretender Chefarzt an der Gastroklinik in Bern. Er hatte eine Karriere mit Raketenschub hingelegt.

Viktors Karriere war vergleichbar: Er blieb nach der Assistentenzeit auf der Chirurgie und Inneren Medizin allerdings in der Pharmakologie hängen. Drei Jahre später kehrte er mit einem weiteren Abschluss und dem Titel Dr. pharm. seiner Studienstadt Bern den Rücken und nahm in Basel an der Universität eine Stelle an. Er habilitierte sich und wurde Professor. Als Professor Dr. med. et Dr. pharm. liess er sich von der Pharmaindustrie in Basel abwerben, von der Ciber AG, die nach der Fusion mit der Geiler AG zur Ciber-Geiler AG wurde. Dort stieg er in kurzen zeitlichen Abständen eine Stufe nach der andern zum Chef des Departements Forschung und Entwicklung auf, später zum Direktor des Unternehmens.

Marcel hatte seinen Facharzt als Internist mit Zusatzausbildung für Diabetes gemacht und heiratete seine geliebte Manuela. Er eröffnete in Bern eine Hausarztpraxis. Praktisch zeitgleich wurde er freier Oberarzt bei Prof. Dr. Arno Schoener. Einmal pro Woche, jeweils am Donnerstagnachmittag, verbrachte er als unbesoldeter Externer einen halben Tag an der Klinik. Eine willkommene Weiterbildungsmöglichkeit, die ihm Arno als Freundschaftsdienst angetragen hatte und die er mit Begeisterung annahm. So hatte Marcel weiterhin einen Fuss in der Klinik seines Fachgebiets und gleichzeitig in der Universität, wo er laufend mit dem neusten Wissen versorgt wurde. Er konnte aber auch eigene, heikle Fälle aus seiner Praxis an kompetenter Stelle vorstellen und diskutieren. Im Gegenzug liess er seine Erfahrungen aus der täglichen Praxis in die Klinik einfliessen. Beide Seiten profitierten voneinander. Ein Geben und Nehmen unter besten Freunden.

Zunächst sei noch ein kurzer Rückblick in die Sechzigerjahre und zu einem epochalen Ereignis erlaubt: 1963 arbeitete Dr. Arno Schoener an einer der renommiertesten Klinken in Boston. Den 22. November hatte er sich freigenommen und war bereits am Vorabend in den Bundesstaat Texas geflogen.

Genau genommen in die Millionenstadt Dallas. In den USA leben und arbeiten, ohne den jungen Hoffnungsträger Amerikas, J. F. Kennedy, in natura gesehen zu haben, war ein No-Go, sagte sich der Berner. Er hatte sich mit einem ortskundigen Kollegen an der Dealey Plaza in Dallas, einen Ort mit guter Sicht auf die Strasse ausgesucht. Dort verharrte er und erwartete in Vorfreude das Herannahen der Staatslimousine. Endlich war es soweit. Der offene Wagen rollte gemächlich an der Menschenmenge vorbei. Die Zuschauer, unter ihnen der Schweizer Doktor Arno Schoener, jubelten dem Präsidenten und seiner eleganten Gemahlin frenetisch zu. Da fielen plötzlich Schüsse. Die Menschen erstarrten. Frauen fielen in Ohnmacht. Der Mann im hinteren Teil des Cabriolets fiel seitlich in die Arme seiner entsetzten Frau. John Fitzgerald Kennedy, der junge, fünfunddreissigste Präsident der Vereinigten Staaten Amerikas, war tot! Die ganze Welt reagierte bestürzt und trauerte. Arno träumte noch jahrelang davon.

Ein paar Monate später flog er für ein paar Tage in die alte Heimat zurück. Grund genug, die Landesausstellung in Lausanne zu besuchen, aber auch, um seine zwei Freunde nach so langer Zeit wieder einmal zu sehen. Sie hatten im *Falken* abgemacht. Marcel, schon früher stets der Pünktlichste, wartete schon vor der abgemachten Zeit im Café und blätterte in einem Magazin. Da stach ihm ein alter Bekannter in die Augen: Jean-Paul Sartre. Ich muss Arno den Artikel unbedingt unter die Nase reiben, dachte er und nahm den Ausschnitt etwas näher unter die Lupe. Da war zu lesen, dass Sartre den Nobelpreis für Literatur abgelehnt hatte. Dieser Dummkopf, was soll das?!, fragte sich Marcel. Dabei hätte der Existenzialist die Moneten dringend nötig gehabt für seine teuren Geliebten und sein freies Leben.

Plötzlich klopfte jemand auf die Tischplatte:

«Entschuldigen Sie, ist hier noch ein Stuhl frei?»

Marcel blickte gedankenversunken auf und direkt in die Cyrano-Nase seines Freundes Viktor. Er stand auf, umarmte ihn und meinte:

«Hey, bist du braun! Nizza oder Ibiza?»

Viktor grinste.

«Nur eingeriebene Bräune, Chemie pur. Nein, Spass beiseite, ich war ein paar Tage auf Sylt.»

Da stand auch schon Arno hinter ihm, klopfte beiden gleichzeitig kräftig auf die Schultern, dass Viktor schier einknickte und sich blitzschnell umdrehte. Grosse Freude! Das Trio bestellte eine Flasche Wein, keinen *Clarete*. Diese Zeiten waren vorbei. Ein *Glorioso* war nun angemessen.

Jeder wusste eine Fülle zu erzählen. Arno berichtete detailgetreu darüber, wie er die Ermordung von J. F. Kennedy erlebt hatte und dass er deswegen noch immer Albträume habe. Viktor schien zwar ebenso erschüttert darüber zu sein wie Marcel, doch er wollte unbedingt seine Sachen loswerden. Ob diese wirklich spannender waren, sei dahingestellt, interessant war es alleweil, ihm zuzuhören. Er berichtete Unglaubliches von einem Kosmologiekongress. Erstmals hätten zwei amerikanische Physiker die Urknalltheorie des belgischen Astrophysikers Georges Lemaître bestätigen können.

«Die zwei Hauptreferenten, beides Amerikaner, berichteten von ihrer Entdeckung, nämlich von der kosmischen Hintergrundstrahlung, also dem verbleibenden Leuchten des Urknalls. – Für euch zwei Banausen etwas trivialer gesagt», Viktor grinste in seiner spitzbübischen Art, «das ungeheure Licht des Urknalls leuchtet auch heute noch. Das ist ein Fact der Physik, nicht eine metaphysische oder philosophische

Ansicht oder Meinung, die weder bewiesen noch widerlegt werden kann!»

Viktor strahlte seine Freunde an wie eine Supernova. Als er sich etwas abgekühlt hatte, fragte er:

«Und was hast du erlebt, Marcel?»

Marcel grinste verschmitzt und meinte:

«Tja, ich habe auch so etwas wie einen Urknall erlebt.»

Arno und Viktor sahen sich fragend an.

«Ich habe doch in London ein Clinical-Stage gemacht und natürlich Konzerte und Opern besucht. Unter anderem eine Aufführung mit Giuseppe di Stefano in Puccinis *La Bohème*, der den Rodolfo singt wie kein Zweiter. Vor Beginn erschien plötzlich der Direktor und erklärte zerknirscht, dass di Stefano plötzlich erkrankt sei und unmöglich auftreten könne. Das Haus war gerappelt voll. Da fasste ein neunundzwanzigjähriger Tenor den Mut, für den weltberühmten di Stefano einzuspringen. Und dieser Sohn eines Bäckers übertraf alle Erwartungen. Die Plethora tobte. Ein Vorhang nach dem andern. Die Frauen brachen in Tränen aus. Die Männer schrien ‹da capo!›. An diesem Abend begann die überwältigende Karriere des Luciano Pavarotti – und ich war dabei! Um Viktors Vokabular zu gebrauchen: Urknall pur mit ewigem Nachleuchten! Ihr habt sicher auch schon sein *O sole mio* oder *Nessun dorma* gehört? Uuurknälle!»

Die auf dem Medizinbasar aufkommenden Medikamente und Behandlungsmethoden waren einerseits ein Segen für die Kranken, bargen anderseits aber auch ungeahnte Risiken, sogenannte Nebenwirkungen, die man zum Teil noch nicht oder zu wenig kannte. Nicht selten wurden diese aber auch bewusst schöngeredet oder einfach totgeschwiegen.

Jeder Arzt wäre zur Aufklärung seiner Patienten verpflichtet gewesen, hätte also einerseits darlegen sollen, wie ein Medikament wirkt, oder warum eine Operation notwendig ist. Er hätte anderseits auch darüber informieren müssen, was passieren kann, wenn ein Mittel nicht die gewünschten Resultate zeigt oder wenn bei chirurgischen Eingriffen etwas danebengeht. Doch darüber sprachen Ärzte damals nicht mit Begeisterung. Sie waren und sind Macher, behandeln und operieren lieber. Das bringt Verdienst. Schwarzmalerei wäre kontraproduktiv und brächte kein Geld.

Die Polemik machte sich ein deutscher Chirurg zunutze und zäumte das Pferd aus eigener Initiative von hinten auf. Er machte das unbeliebte Thema «Pannen in der Praxis» zur Schlagzeile. Sein Buch trug den provokanten Titel *Auf Messers Schneide – Kunst und Fehler der Chirurgen*. Damit schaffte sich der Autor namens Julius Hackethal, Professor Dr. med., in der weissen Zunft alles andere als Freunde. Er berichtete über hochaktuelle Kunstfehler. Zwar nicht über die eigenen, das hätte womöglich seiner Praxis geschadet, sondern über jene der Kollegen. Die Kontroverse löste eine

Kettenreaktion ungeahnter Dimension aus. Die ersten grossen Kunstfehlerprozesse fanden zwar schon lange Zeit vor Julius Hackethals Buch statt und fast nur in den USA. Doch das änderte sich schlagartig. Ein gewaltiger Tummelplatz öffnete sich den Juristen und Gutachtern nun auch in Europa. Während die deutsche Ärzteschaft zuerst gegen ihren Nestbeschmutzer Amok lief, solidarisierte sich das Volk mit dem aufmüpfigen Medikus. Die Reaktion der Kollegenschaft änderte sich darauf abrupt. Sie drehte den Spiess um und erklärte, dass der Patient ruhig klagen soll. Aber er müsse dem Doktor nicht nur den Kunstfehler an und für sich, sondern auch den Kausalzusammenhang mit dem entstandenen Gesundheitsschaden beweisen. Augenblicklich kamen der Ärzteschaft und den potenziell geschädigten Patienten Heerscharen von Rechtsanwälten zu Hilfe.

Das Feld der Kunstfehler wuchs und wuchs, wurde gar zur Prärie, wo sich nun Herden von Gutachtern und Experten zu tummeln begannen. Und wenn alle Spezialisten für Kunstfehler, Arzthaftung, Kausalzusammenhang und Beweislast den Boden unter den Füssen verloren, traten die Psychiater auf. Manch einer wollte sich an den Geschädigten bereichern, hüben wie drüben.

Die Bereitschaft der Patienten, ihren Arzt auf Schadenersatz zu verklagen, nahm einen erschreckenden Umfang an. Immer mehr aufgebrachte, unzufriedene, zum Teil auch manipulierte Patienten klagten gegen ihren Arzt. Dies hatte einerseits zur Folge, dass die Arzthaftungsprozesse rasant anstiegen und damit die Prämien der Haftpflichtversicherungen für die Ärzte. Anderseits begannen nun die Ärzte bestimmte Operationen abzulehnen, weil das Risiko schlicht zu hoch war! Allerdings konnte der Arzt auch angeklagt werden,

wenn er etwas nicht tat. Ein Teufelskreis. Zu viele Prozesse
verursachten Staus in den Operationssälen. Eigentlich war
niemandem geholfen.

In dieser Zeit des beginnenden Kalten Kriegs zwischen
Medizinern und Patienten war Professor Arno Schoener
Direktor der Gastroklinik in Bern, Professor Viktor Piller
war sowohl an der Universität Basel tätig als auch einer der
Direktoren der Ciber-Geiler AG und Dr. med. Marcel Junod hatte seine eigene Praxis in Bern. Die drei waren sich
nach wie vor herzlich zugetan. Wenn man sich auch nicht
mehr täglich sah wie früher. Umso mehr hatte man an den
vereinbarten Treffen zu berichten. Viktor informierte seine
beiden Kliniker mehr oder weniger regelmässig am letzten
Donnerstagnachmittag des Monats in Bern über die neusten
Entwicklungen und Medikamente aus ihrem Fach. Bei diesen Meetings schenkte er den beiden Ärzten jeweils Körbe
voll Pillen und Dragees, Tabletten und Pastillen, Fläschchen
und Tinkturen, Pülverchen und Salben seiner weltbekannten
Firma.

Im Anschluss an den klinischen Teil dieser Donnerstag-
treffen lud Viktor seine Kumpels jeweils zu einem üppigen
Abendessen mit allem Drum und Dran im *Schweizerhof* oder
Bellevue ein. Der grosszügige Spender hiess allerdings nicht
Professor Viktor Piller, sondern Ciber-Geiler AG. Er war sozusagen der verlängerte Arm des Pharmagiganten. Das wussten seine Freunde natürlich, aber es störte sie nicht. Wer lässt
sich nicht gerne verwöhnen? Oft schlemmten die drei bis gegen Mitternacht. Gleichzeitig tischte man sich Erinnerungen
auf aus der Studentenzeit, tauschte sich lachend den neusten
Klatsch über zu eitle oder sonst schräge Kollegen aus, stiess
auf die Freundschaft an und gelobte sich mit weinseligen

Augen, diese für immer und ewig aufrechtzuerhalten wie eine Ehe in guten und schlechten Zeiten. Beim Grappa angelangt, hoben sie die Gläser und beschworen die Verbrüderung feierlich wie Alexandre Dumas' Musketiere.

Professor Dr. med. et Dr. pharm. Viktor Piller hatte unter seinem Namen auf der Visitenkarte nur in kleinen Buchstaben die fast schon armselig lautende Bezeichnung *Pharmavertreter* hingesetzt – ohne Professor, ohne Doktortitel oder Rang in der Firma. Wahrlich ein neckisches Understatement des von Natur aus nach Grösse lechzenden kleinen Mannes. Hinter der Untertreibung verbarg sich jedoch Berechnung.

Schon zu Studentenzeiten im *Falken* am Biertisch achtete man sich des schmächtigen Viktors nicht wirklich. Mann und Frau lauschten eher dem eloquenten Arno oder Marcels Bonmots, bis der kleine Mann plötzlich diese oder jene Behauptung des einen oder andern heftig konterte und lupenrein widerlegte und mit den passenden Zitaten verzierte. Da erstarrte die Diskussionsrunde plötzlich, und alle hörten nur noch Viktor zu. Auf diese Art und Weise kompensierte er seinen Napoleon-Komplex. Auch später in medizinischen Disputen schoss er plötzlich aus dem Nichts heraus:

«Nein, nein, nein, meine Damen und Herren, das ist nicht so, sondern so und so! Sonst lesen Sie es gefälligst in dieser oder jener Publikation nach!»

Und gleich folgte eine Flut von Literaturhinweisen mit Titel, Autor und Jahreszahlen. Er spuckte sein enormes Wissen in Sekundenschnelle aus, wie es heutzutage *Google* tut.

Viktor wäre ein guter Volksredner gewesen, ein herausragender Sprecher für die 68er Bewegung. Doch diese zog an den drei Planeten fast berührungslos vorüber. Zu sehr waren sie in ihrem medizinischen Kosmos eingebunden. Nur in einer der damaligen Forderungen nahmen sie auf die eine oder andere Weise direkt Stellung: zum Frauenstimmrecht.

Es war am Abend des Klinikachmittags Anfang Januar. Er fand ausnahmsweise nicht am letzten, sondern am ersten Donnerstag im Monat statt, wegen Marcels geplanter Skiferien. Da lud Viktor für einmal nicht ins *Bellevue* ein, sondern in ihre alte Stammbeiz, den *Falken*. Der Grund? Viktor wollte ihn seinen Freunden beim Essen verraten. Doch dazu sollte es erst gar nicht kommen. Das Abendessen in ihrer Kneipe verlief völlig anders als von ihm geplant.

Als sie im Restaurant eintrafen, dröhnten ihnen von ihrem einstigen Biertisch her wild durcheinanderschreiende Stimmen entgegen. Man verstand kaum sein eigenes Wort.

«Was ist denn da los?!», fragte Marcel die Männer. Zunächst reagierte niemand, bis plötzlich einer schrie:

«Es geht um die Weiber – um das Frauenstimmrecht!»

«Und deshalb brüllt ihr so?»

«Ja klar, das ist doch zum Schreien, oder etwa nicht? Bist du am Ende noch dafür?»

«Klar bin ich dafür», antwortet Marcel mit überzeugendem Organ, «das Mittelalter ist längst vorüber.»

Da brandete wie auf Kommando gewaltiger Applaus auf. Lautes Händeklatschen und Gejohle vom Nebentisch. Dort diskutierte und gestikulierte eine Handvoll junger Frauen. Aber es lärmte dort, als wäre ein ganzer Frauenverein anwesend.

Arno war plötzlich aschfahl. Wie versteinert war er neben Marcel stehen geblieben und fixierte unentwegt den Frauentisch. Oben am Tisch sass und agierte eine Frau mit leicht abgewandtem Profil. Nun erstarrten auch Marcel und Viktor. Auch sie trauten ihren Augen nicht. Da thronte Arnos damals ins Nichts entschwundene Liebe, war plötzlich wieder da wie vom Himmel gefallen. Derentwegen wollte er vor zehn Jahren das Medizinstudium an den Nagel hängen und nach Paris an die Sorbonne abhauen.

Der geplagte Freund lag nach deren Verschwinden für Wochen nur noch herum. In den ersten Tagen halfen ihm Marcel und Viktor erfolglos, nach der Ausgebüxten zu suchen. Nach und nach war Arno wieder in die Wirklichkeit des Lebens zurückgekehrt, hatte ihr aber noch lange nachgeweint. Und jetzt sass dieses Weibsbild im *Falken* und polterte wie ehedem, als wäre sie nur schnell auf der Toilette gewesen. Arno war perplex, bewegungslos. Er starrte die Frau ungläubig an, er, der sonst so selbstsichere, nüchterne und mächtige Professor Dr. med. Arno Schoener.

Die Frau hatte ihn noch nicht gesehen, hatte überhaupt keine Zeit aufzuschauen, referierte und heischte:

«Freiheit! Rechte den Frauen! Gleichheit zwischen Mann und Frau!»

Die Artgenossinnen hafteten an den Lippen der Feministin, klatschten und skandierten, als befänden sie sich an einer Demonstration auf dem Bundesplatz in Bern.

«Gleiche Rechte für Frauen! Stimmrecht für die Frauen – jetzt!», waren ihre Kampfparolen, während die Männer an den Nebentischen, vor allem die älteren, zurückbrüllten:

«Weiber an den Kochherd! Zu den Kindern! Ins Haus! Ins Schlafzimmer! Ins Bett!», gefolgt von schallendem Gespött.

Um dem weiteren Geschehen ein paar Jahre vorzugreifen: Am 7. Februar 1971 sollten die Schweizer Frauen auf Bundesebene das passive und aktive Wahlrecht erhalten. Zwei Männerstimmen hatten sie an diesem Abend im *Falken* bereits von Dr. Marcel Junod und Professor Viktor Piller auf sicher. Nur Arno Schoener blieb bewegungs- und sprachlos.

Endlich schaute die Rädelsführerin kurz auf und verstummte abrupt. Sie starrte Arno an, bis ihr Tränen über die Wangen rannen. Die Frauenrunde schwieg augenblicklich. Sogar die Männer am Biertisch sagten plötzlich nichts mehr. Niemand verstand, was in diesem Augenblick ablief, doch spürten alle, dass gerade etwas passierte, was mit dem Frauenstimmrecht gar nichts zu tun hatte.

Die Frau erhob sich wie in Zeitlupe von ihrem Stuhl. Alle Augen waren auf sie gerichtet. Sie machte zaghaft einen Schritt und noch einen, bis sie vor Arno stand. Atemlose Stille. Da sprang sie ihn plötzlich an, umarmte ihn mit Kraft und Hingabe. Ohne jeden Übergang brach ein ohrenbetäubender Applaus los. Wortlos und ohne einen Blick auf die Anwesenden zu werfen, verliess das Paar eng umschlungen das Café. Viktor und Marcel blieben noch eine Weile stehen wie geohrfeigte Kinder.

Nach dem unerwarteten Intermezzo begleitete Marcel Viktor zum Bundesplatz, wo dieser seinen Porsche geparkt hatte. Sie wurden sich einig, am nächsten Tag Arno anzurufen, zuerst Marcel, danach Viktor. Zwischenzeitlich würden sie sich austauschen. Jeder sollte das erklärte Ziel vor Augen haben, Arno vor einer neuen Beziehung mit Simone abzuhalten. Sie erinnerten sich lebhaft debattierend daran, wie ihr Freund, als sich die Französin sang- und klanglos abgesetzt hatte, von einer Depression in die andere fiel und fast suizidgefährdet war. Arno war damals bereit gewesen, alles für diese Simone aufzugeben: Studium, Elternhaus, Freunde, medizinische Karriere – einfach alles. Er war nicht mehr er selbst, nicht mehr zurechnungsfähig, wie verhext, fanden seine Freunde. Und jetzt sollte das Theater von Neuem beginnen? Nein, waren sie sich einig. Also beschlossen sie, Arno vor sich selbst zu schützen.

Tags darauf rief Marcel Viktor in Basel an:

«Ich habe mit Arno gesprochen. Er hat mir gar nicht zugehört. Das gehe mich einen Dreck an. Er mache, was er wolle. Im Übrigen habe er jetzt Chefarztvisite und keine Zeit für schwachsinnige Debatten. Dann hat er einfach aufgelegt. Versuch es bitte trotzdem, damit wir uns später keine Vorwürfe machen müssen. Vielleicht hört er ja auf dich.»

Viktor rief Arno an – mit demselben Erfolg wie Marcel. Eigentlich wussten sie längst aus Erfahrung: Wenn Arno etwas im Kopf hatte, brachte er es durch. Das Thema Simone war damit für die Freunde abgeschlossen. Sie hörten zunächst nichts mehr von ihm. Ein paar Wochen später erhielten sie ein hellblaues Kuvert mit der Vermählungsanzeige Arno Schoeners mit Simone de Raymond und der persönlichen Einladung zur Hochzeit.

Arno und Simone legten im Grand Hotel *Bellevue* in Bern ein geradezu fürstliches Hochzeitsfest hin. Fast zweihundert geladene Gäste feierten, bis es Tag wurde. Es musste ein Vermögen gekostet haben. Viktor und Marcel schienen sich getäuscht zu haben. Zwei spät Vollendete hatten sich gefunden und waren nun im Glück vereint.

Arno und Simone sollten nie Nachwuchs bekommen. Wie der Rotschopf sich einmal vernehmen liess, bestand auch wenig Aussicht darauf. An wem es gelegen haben könnte, verriet er nicht direkt. Aber Marcel meinte einmal herausgehört zu haben, dass Simone keine Kinder wollte. Knirpse würden ihr die Freiheit und den Bewegungsradius zu stark einengen. Sie blieb ihren Existenzialistenkreisen treu, unterhielt sogar einen «Chickenhof», wie Arno den Feministinnenzirkel nannte. Seine Frau bekam nicht genug davon, über Camus und Sartre,

Jaspers und Heidegger zu philosophieren. Da hätten Bälge und Geschrei keinen Platz gehabt.

Mit der Zeit sah Arno den Sinn dieser uferlosen Dispute nicht mehr ein. Nutzloses Geschwätz, reden um des Redens willen. Was sollte beim Dreschen von leerem Stroh über das «Sein» und «Seiende», das «Nichtsein» und «Nichtseiende» schon herausspringen?, fragte er sich immer mehr. Also flüchtete er vor den Séancen seiner Frau auf dem kürzesten Weg in die Klinik und vergrub sich in die Arbeit und Forschung. Abgesehen davon musste er Geld verdienen. Viel Geld. Nicht nur seiner kostspieligen Frau wegen; er hatte sich auch sonst arg verschuldet. Nicht zuletzt im Hinblick auf sein zu erwartendes Erbe. Sein Vater war schon sehr alt. Doch da hatte er die Rechnung ohne den Wirt gemacht: Als das Familienoberhaupt bei einem Autounfall ums Leben kam, war von der reichlichen Barschaft des alten Herrn bei der Testamentseröffnung fast nichts mehr vorhanden. Was der Herr Papa nicht mit seiner neuen Frau verheizt hatte mit Luxusurlauben, Kleidern, Schmuck und Autos ging an die junge Gemahlin. Dem Sohnemann blieb das elterliche Haus mitsamt den horrenden Hypotheken darauf.

Arno hatte sich mit Umbaukrediten und zusätzlichen Hypotheken bereits selbst übermässig belastet. Zum einen mit der Totalsanierung der elterlichen Villa, nachdem der Vater vorzeitig ausgezogen war. Dieser hatte sich in der Altstadt eine noble Wohnung gekauft und dafür zulasten der Villa Geld aufgenommen. Sein neues Liebesnest hatte er kurz vor seinem Tod auf seine Frau überschrieben. Zum andern hatte Arno vorher noch einen kleinen Bauernhof in Adelboden ersteigert. Zu teuer, wie sich bald herausstellen sollte, und dieses auch noch viel zu aufwändig in ein Ferienhaus umgebaut.

Schliesslich, schon wenige Monate nach der Hochzeit, wünschte sich Simone ein Refugium in ihrem Heimatland: ein Haus an der Côte d'Azur mit direktem Zugang zum Meer. Wenigstens war in Frankreich auf Sparflamme renoviert worden.

Der immensen finanziellen Belastungen wegen erlaubte sich Professor Schoener kaum mehr Urlaub, nutzte nicht einmal mehr seine Refugien. Eine Woche fern der Klinik kostete ihn gleich doppelt so viel. Zum einen wegen der Kosten für die Ferien, zum andern, weil er in dieser Zeit keine Privatpatienten behandeln und daher auch keine Rechnungen ausstellen konnte. Immer seltener reichte die Zeit abends für eine kleine Spritzfahrt mit seinem Sportwagen. Bergsteigen, Skifahren oder auch nur Wandern waren für ihn schon lange kein Thema mehr.

Die einzigen Beziehungen, die ihm nach wie vor heilig waren, stellten seine Freunde Viktor und Marcel dar. Dazu kam neuerdings ein Habilitand: Schoeners Oberarzt Dr. Dano Bub, keine persönliche Beziehung, sondern eine rein berufliche. Dano Bub war der ideale Oberarzt. Er frass seinem Chef und Habilitationsvater aus der Hand wie ein Hündchen. Das war für einen Habilitanden auch ratsam, wenn er sein Ziel erreichen wollte.

Marcel hatte seine Praxis inzwischen schon einige Jahre. Er war glücklich verheiratet, liebte seine Frau und freute sich an der kleinen Tochter. Seinen Eltern hatte er eine schöne Wohnung in der Altstadt finanziert und griff ihnen auch sonst grosszügig unter die Arme, wie sie früher ihm.

Viktor, seit mehreren Jahren in Basel aktiv, trug immer noch seine verhaltene Visitenkarte mit der kleingedruckten Berufsbezeichnung *Pharmavertreter* auf sich. Dieses simple Wort drückte freilich nicht aus, was er wirklich war, noch welche Funktion er innehatte. Dabei war er der führende Kopf für die Entwicklung von Darm-Medikamenten des Pharmariesen Ciber-Geiler AG und als solcher an der optimalen Vermarktung und der Verbreitung dieser Präparate unter Arztpraxen, gastroenterologischen Kliniken sowie Spitälern interessiert. Er puschte im Besonderen Medikamente gegen Durchfall. Durchfall oder Diarrhö ist nicht nur eine unangenehme, sondern bei zu grossem Wasser- und Elektrolytverlust auch eine gefährliche Störung, die alle Menschen treffen kann – vom Säugling bis zum Greis, unterstrich Viktor Piller bei seinen Präsentationen. Dabei hob der kleine hagere Professor die Stimme:

«Und alle diese wirksamen Medikamente kommen aus ein und derselben Gourmetküche, aus der Ciber-Geiler AG.»

Mit einem breiten Grinsen blickte er jeweils in das Publikum und schloss:

«Tja, man kann doch etwas Gutes erst kaufen, wenn man auch weiss, dass es so etwas überhaupt gibt und wo es zu haben ist. – Danke für Ihre geschätzte Aufmerksamkeit!»

Und schon brach Applaus über den Referenten herein.

Im Laufe der Zeit scharte Professor Piller gewisse Kliniker und Praktiker um sich. Nur eine bestimmte Anzahl vertrauenswürdiger, handverlesener Doktoren, welche die Diarrhö-Medikamente der Ciber-Geiler AG nicht nur selbst einsetzten, sondern auch weiterempfahlen, an Vorträgen erwähnten oder sogar in Publikationen oder Lehrbüchern aufführten. Bei dieser Art von Gehilfen sprach er gerne von den «Anwendern» oder «Opinionleadern». Dazu gehörten auch Studienkollegen und natürlich seine besten Freunde. Also besuchte der Pharmavertreter Viktor Piller allen voran Arno Schoener in der «Bauchwehklinik», Viktors Bezeichnung für die Gastroenterologische Universitätsklinik seiner Vaterstadt – nach Möglichkeit an einem Donnerstagnachmittag, um auch den Externen, Oberarzt Dr. Marcel Junod, zu treffen. Zwei dicke Fliegen auf einen Schlag neben dem übrigen Tross an Ärzten und Ärztinnen, Schwestern und Pflegern, Laboranten und Laborantinnen, Kandidaten und Studenten dieses Fachs.

Man traf sich vorzugsweise im Hörsaal, wo der Klinikchef Professor Schoener seinen einstigen Kommilitonen, Freund und Referenten mit Titel, Rang und Namen gebührend vorstellte und ihm das Wort erteilte. Professor Piller, ein eloquenter und witziger Redner, zog schon nach den ersten zwei, drei Sätzen das Plenum in seinen Bann. Der Pharmavertreter aus Basel bestach stets als spassiger Vortragender mit einem enormen Allgemeinwissen, das er da und dort geschickt in seine Darstellungen einwebte: eine Prise Physik oder Chemie, manchmal sogar etwas über Jazz oder Autos. Er hatte für jedes Gemüt etwas auf Lager. Er wusste auch jede Frage der Zuhörer zu beantworten, verständlich und wissenschaftlich fundiert. Das machte Eindruck. Dazu war er ein überzeugender Verkäufer. Piller präsentierte die neusten und wirksamsten Produkte für alle möglichen Krankheiten.

«Leider fehlt mir hier und jetzt die Zeit, in die Tiefe zu gehen. Aber dazu laden wir Interessierte gerne und kostenlos an unsere Tagungen oder Kongresse ein.»

An solchen Anlässen hatte man Zeit und Musse, den Kontakt zwischen praktischer Medizin, Wissenschaft, Forschung und Lehre in gediegenem Ambiente mit allem Drum und Dran zu vertiefen. Das Drum und Dran bestand in der Regel aus nächtlichen Fress- und Sauforgien, und wenn die holden Gattinnen nicht dabei sein konnten auch aus sogenannten «Ballettvorstellungen», also Kabarett- und Bordellbesuchen.

Am Ende des Vortrags wurden die Gäste von Pillers hübschen Assistentinnen mit allerlei Medikamenten der Firma und einer Flasche Bordeaux und die Damen mit feinen Pralinen beschenkt, oder gleich mit beidem. Die engagierten Opinionleader verliessen stets als letzte den Hörsaal. Ihnen steckte Viktor Piller beim Händeschütteln diskret einen Briefumschlag zu. All jene Doktoren genossen einen vorzüglichen Ruf und waren durch und durch integre Ärzte. Integer ist das Synonym für unbestechlich, denn von ihnen *verlangte* der Pharmariese nichts, gar nichts. Er *erwartete* bloss etwas.

Beim letzten Besuch Viktors in der Gastroklinik hatte bereits im Vorfeld der Einladung eine besondere Stimmung, ja schon fast Hektik geherrscht. Es war nicht wie sonst, wenn er seine zwei alten Freunde besuchte. Der Medikamentennachmittag war kurz nach siebzehn Uhr bereits zu Ende. Dann lud Viktor seine Busenfreunde zu einem Dinner ins Grand Hotel *Bellevue* ein. Arnos und Marcels Frauen, Simone und Manuela, hatte er schon von Basel aus eingeladen, ohne es seinen Kumpels zu verraten.

Viktor war jetzt achtundvierzig und immer noch ledig. Als ihn Marcel einmal darauf ansprach, sagte dieser:

«Weisst du, so lange ich frei bin, kann ich tun und lassen, was und wann immer ich will.»

Vielleicht hat er seine Meinung hierzu geändert, dachte Marcel, als er die Einladung ins *Bellevue* erhielt. Nach dem vorzeitigen Präsentationsschluss fuhr er nach Hause, um sich umzuziehen. Als er ins Wohnzimmer trat, steckte seine hübsche Frau bereits lächelnd und frisch frisiert im Cocktailkleid. Auch Manuela fragte sich, was wohl hinter der Einladung stecken mochte – die Ankündigung einer Verlobung?

Während des Abendessens besprachen Arno und Viktor ein klinisches Problem. Einzelne Wortfetzen bekam Marcel zwar mit, aber er hatte jetzt keine Lust, über Krankheiten zu diskutieren. Nicht an einem Abendessen mit den Frauen zusammen.

Ab und zu warf Simone ein giftiges Wort in die Runde. Einen spitzen Stein, stets in der hämischen Absicht, jemanden zu treffen oder wenigstens zu touchieren. Sie ertrug es schlecht, nicht im Mittelpunkt zu stehen. Sie fühlte sich nur noch in ihrem Zirkel wohl, wo es um nichts anderes als um Freiheit und freie Liebe ging. Unmengen Alkohol tranken sie dabei und rauchten eine Zigarette nach der andern, diskutierten endlos und spintisierten.

Wenn sich Simone in Position brachte, gab es stets die gleichen Geschichten zu hören: Jene von Edith Stein und Simone Weil. Die Französin identifizierte sich mit diesen tragischen

Frauen. Seit sie wieder in Bern, besser gesagt verheiratet war, standen diese beiden neben Sartre und Beauvoir im Zentrum ihres philosophischen Weltbildes. Beide, Stein und Weil, waren promovierte Philosophinnen und Vertreterinnen der Existenzphilosophie. Edith Stein, Jüdin aus Breslau, konvertierte zwar schon 1922 zum Katholizismus und trat lange vor der gefährlichen Zeit in Deutschland in den Orden der Karmelitinnen ein. Trotz ihrer Konversion wurde sie später als ehemalige Jüdin nach Auschwitz deportiert und umgebracht.

Auch das zweite Vorbild, Simone Weil, durchlebte ein sonderbares Schicksal, mehr noch eine hochdramatische Existenz. Die Philosophin und Aktivistin hatte plötzlich beschlossen, auf alle Annehmlichkeiten des Lebens zu verzichten, solange andere Menschen Not litten. Sie verweigerte das Essen und verhungerte, erst vierunddreissigjährig, in England, wohin sie vor den Nazis geflüchtet war. Marcel kannte die Geschichten der beiden Jüdinnen zur Genüge und fragte sich auch an diesem Abend wieder einmal, als er Simone unauffällig von der Seite her betrachtete, was die doch so grundverschiedenen Frauen miteinander verbinden könnte. Der Verzicht auf alle Annehmlichkeiten des Lebens konnte es auf alle Fälle nicht sein. Der Katholizismus auch nicht, hungern und dursten noch weniger. Dafür lebte sie zu üppig und verschwenderisch. Arno schien solche Fragen längst aufgegeben zu haben. Wenn Simone nicht in der Nähe war, verriet er mit säuerlicher Miene, dass daheim alles liegen bliebe wie bei den Hühnern der Mist.

Marcel segelte an diesem Abend in Gedanken kurz zurück in jene Tage, als er mit seinen zwei Freunden im *Falken* über Sartre und Camus philosophierte. Es kam ihm nicht nur wie eine Ewigkeit vor, sondern auch wie eine völlig unrealistische, gar unsinnige Welt, die so gar nichts mehr mit ihrer gegenwärtigen Situation zu tun hatte, und auch gar nicht mit ihr vereinbar gewesen wäre. So gesehen stellte Simone für Marcel und wohl auch für Arno eine rückwärts laufende Uhr dar. Ein Anachronismus. Mittlerweile war Sartre, die Paradefigur der Existenzialisten, tot. Dass sein Gedankengut nicht gleich verloren ging, dafür sorgte seine damals noch lebende Geliebte Simone de Beauvoir und ebenso eifrig eben auch Arnos Simone.

Während Marcels schöne Rose, Manuela, zufrieden vor sich hinlächelte und dem Pianisten lauschte, den Viktor für diesen Abend engagiert hatte, quatschten Arno und Viktor so intensiv, dass sie alles um sich herum ausgeblendet hatten.

Plötzlich schlug Viktor mit einem Dessertlöffel an sein Glas:

«Meine Freunde! Ihr fragt euch sicher, was diese kleine Einladung hier und heute soll – stimmts?»

Er blickte in die Runde. Ein mehrfaches Nicken kam zurück.

«Hier», er zeigte auf den leeren Stuhl neben sich, «hätte eigentlich der Grund meiner Einladung Platz nehmen sollen, was leider nicht geklappt hat. Mein Porsche ist schuld daran. Panne. Sonst nie! Aber ausgerechnet heute. Schicksal. Ich werde die Einladung jedoch bald wiederholen. Dann lernt ihr den Grund doch noch persönlich kennen. Mehr kann und will ich im Moment nicht verraten. Sonst ist es ja keine Überraschung mehr.»

Den vier Köpfen war anzusehen, dass sie nichts sehnlicher wünschten, als zu erfahren, wer sich hinter dem Geheimnis verbarg. So war Viktor. Es gelang ihm immer wieder, andere bis zur Weissglut neugierig zu machen, um dann auf Stumm zu schalten. Eine wahre Qual. Er schwieg auch diesmal wieder wie ein Stein. Man hatte keine Ahnung. Bei ledigen Männern weit über vierzig kommen schnell schon mal Mutmassungen auf. Ein wohlhabender Mann im besten Alter hat doch, wenn schon keine Gattin, eine Freundin oder wenigstens eine Geliebte oder so etwas …

Da meinte Marcel zur Überraschung aller:

«Ach Vik, verrate doch wenigstens, ob es die war, mit der ich dich kürzlich in Basel auf dem Barfüsserplatz eng umschlungen gesehen habe? Na, sag schon!»

Alle Augen waren auf Viktor gerichtet, der selbst nicht weniger verdutzt guckte als die andern am Tisch. Wie ertappt starrte er Marcel an, der seine Häme kaum zurückzuhalten konnte. Jetzt begriff Viktor, dass ihn sein Freund nur aufs Glatteis führen wollte, und dass er beinahe darauf ausgerutscht wäre.

«Nein, mein Lieber, so nicht! Erstens warst du nicht in Basel und selbst wenn, hättest du mich bestimmt nicht mit meiner Freundin auf offener Strasse schmu…»

Er würgte das Wort ab, zu spät. Alle grinsten schelmisch.

«Schmusen wolltest du wohl sagen?», rief Marcel.

Viktor wurde rot wie eine reife Tomate, zumal die umliegenden Gäste neugierig glotzten.

«Okay! Ihr lernt sie bald kennen. Gebt jetzt Ruhe! – Kellner: Bitte bringen Sie uns noch einen *Dom Perignon*! Es ist sauheiss heiss hier drinnen.»

Wie heiss Viktor Piller wirklich war, was Frauen anging, war den beiden andern nicht klar. Sie wussten lediglich, dass er seit der Geschichte mit seiner Cousine nicht mehr fähig war, Gefühle zu zeigen oder gar jemanden zu lieben. Viktor hätte wohl gerne weibliche Gesellschaft gehabt, aber gleichzeitig auch die uneingeschränkte Freiheit des Ungebundenen genossen. Eine Leibeigene hätte ihm wohl am besten gepasst. Er brauchte totale Unabhängigkeit für seine zeitintensiven Hobbys wie Trompetenspielen in einer Jazzband und die Pokerabende. Zwei Passionen, die ihm heilig waren und anscheinend schwerer wogen als die Bindung an eine Frau.

Kam dazu, dass er gewaltig unter seiner bescheidenen Körpergrösse und schmächtigen Statur litt. Viktor hatte während des Studiums seine beiden Freunde nie ins Marzilibad begleitet. Auch nicht im Hochsommer. Zudem litt er unter seinem bubenhaften Gesicht. Auch als längst diplomierter Arzt sah er immer noch aus wie ein Primaner. Seine muskelschwachen Beinchen und filigranen Ärmchen glichen den Extremitäten eines Windhundes, die er keinesfalls zur Schau stellen wollte, schon gar nicht, wenn Marcel und Arno gut gebaut und muskulös neben ihm standen. Trotzdem munkelte man später, er habe in Basel eine kurze, aber intensive Affäre mit einer jüngeren Kollegin gehabt. Wie auch immer, von Viktor kam keine zweite Überraschungseinladung mehr.

Mitternacht war längst vorüber, als die Gruppe gut gelaunt aufbrach. Doch zuvor schob Viktor seinen Freunden noch ein Medikament zu.

«Ich sage nur eins: Wundermittel! Mehr darüber beim nächsten Staffmeeting in der Klinik. Wir wollen doch die Frauen nicht langweilen.»

An einem der nächsten Tage meldet sich Viktor bei Arno und bat ihn, auch Marcel zum Informationsaustausch einzuladen.

«Es ist mir wichtig, dass auch ein guter Doktor aus der Praxis dabei ist, also einer von draussen», begründete er Arno seine Einladung an Marcel Junod.

«Abendessen wie üblich ‹sine›», das heisst ohne Frauen.

Am vereinbarten Donnerstagnachmittag tauchte er mit dem neuen Zaubermittel in der Gastroklinik in Bern auf.

Das Medikament, von dem gesprochen wurde, war als Urform schon 1934 unter dem Namen *Enterovioform* auf den Markt gekommen, hatte aber unerwünschte Nebenwirkungen und dadurch den erhofften Durchbruch nicht erlangt. Da in diesem Mittel jedoch ein gigantisches Potenzial gesehen wurde, baute es die Abteilung Forschung und Entwicklung der Ciber-Geiler AG unter Professor Dr. Dr. Viktor Piller neu auf und um und verbesserte es strukturell. Es hatte zwar weiterhin den Wirkstoff *Clioquinol*, jedoch in einer modifizierten Form – ohne Nebenwirkungen, wie Viktor seinen Freunden darlegte. Sein erklärtes Ziel war es, das Wundermittel mit Hilfe anerkannter Fachleute neu zu lancieren und dem Markt schmackhaft zu machen.

Um es vom alten, durchgefallenen Produkt abzugrenzen, trug es einen völlig neuen Namen: *Haraform* – das Mittel gegen Diarrhö bei Amöbenruhr, einer ernsthaften Infektion des Darms, hervorgerufen durch Amöben. Gelangen solche Einzeller aus verunreinigtem Wasser von ungewaschenem Obst oder andern kontaminierten Nahrungsmitteln oder Getränken ins Gedärme, kommt es zu Durchfall und Bauchschmerzen, oft auch zu Fieber und Krämpfen. Vom Darm aus können die Amöben via Blutbahn in die Leber und in das Zentralnervensystem eindringen, aber auch in das Herz und weitere Organe. Die Folge sind Abszesse und Blutungen. Wird die Krankheit nicht rechtzeitig diagnostiziert und therapiert, endet sie tödlich. Eine mehr als nur ernst zu nehmende Unpässlichkeit.

Schon am nächsten Tag studierte Marcel den Beipackzettel des Wundermittels. Gemäss dessen Angaben war das

Medikament eine Revolution; es wirke innerhalb kürzester Zeit und dies anscheinend ohne Risiken. So gesehen eine gelungene Verbesserung, musste Dr. Junod unumwunden zugeben.

Trotzdem. Was genau war da früher mit diesem *Clioquinol* los? Marcel hatte es ganz und gar nicht in guter Erinnerung. Dieser Grundstoff hatte nämlich erhebliche Nebenwirkungen verursacht. Der Hersteller wehrte sich damals vehement gegen die Vorwürfe einzelner Ärzte und konterte, dass das Mittel falsch angewendet oder die Diagnose nicht richtig gestellt worden sei. Aber auch bei Tieren hatte es Probleme gegeben: Zwei Tierärzte veröffentlichten unabhängig voneinander Befunde, nach denen Tiere unter Krämpfen und Atmungslähmungen starben, nachdem man ihnen gegen den Durchfall *Clioquinol* gegeben hatte. Die Herstellerfirma hatte schon lange zuvor von den negativen Auswirkungen bei Tieren gewusst. Unter Druck warnte sie schliesslich davor, Tieren das Medikament zu verabreichen. Doch schon bald darauf berichteten zwei schwedische Kinderärzte von einem dreijährigen Jungen, dessen Diarrhö mit *Clioquinol* behandelt worden war und danach an schweren Sehstörungen litt. Sie veröffentlichten ihren Befund und informierten auch die damalige Ciber AG darüber, dass Enterovioform den Sehnerv schädigen könne. Die Firma wurde beschuldigt, *bewusst Daten zurückzuhalten, die sich für das Produkt unvorteilhaft auswirken könnten, zudem die Kenntnis solcher Daten abzuleugnen und eine adäquate Warnung vor den ernsten Nebenwirkungen der Präparate zu unterlassen.* Doch die Ciber AG setzte die Vermarktung auf der ganzen Welt unbeeindruckt fort. Noch zehn Jahre danach war der Wirkstoff *Clioquinol* fast überall als rezeptfreies Medikament gegen Reisedurchfall erhältlich.

Gemäss Professor Viktor Piller waren alle diese Probleme mit dem aufgemotzten Medikament ausgeräumt. Der Wirkstoff *Clioquinol* sei zwar weiterhin ein Bestandteil des Mittels *Haraform*, aber «bereinigt». Marcel vertraute seinem genialen Freund und dem weltbekannten Pharmaunternehmen in Basel voll und ganz.

Am Donnerstagnachmittag hatte Professor Piller in der Klinik seinen grossen Auftritt und legte im Hörsaal vor versammelter medizinischer Prominenz dar, dass *Haraform* bedenkenlos verwendet werden könne, ohne Nebenwirkungen. Es sei ein Segen für Arzt und Patient; das Resultat gewaltigster Forschungs- und Entwicklungsinvestitionen vonseiten der Ciber-Geiler AG zum Wohle der Menschheit.

Zwei Monate später trafen sich die drei Freunde im Chefbüro der Klinik zum ersten Austausch über *Haraform*. Der Empfang war herzlich wie immer, wenn sich die alten Kämpfer trafen. Auf dem Tisch in der Mitte des Büros lagen zwei Kisten Bordeaux: *Chateau Petrus*. Daneben standen mehrere grosse Taschen gerappelt voll mit Medikamenten der Ciber-Geiler AG. Gut gelaunt stellte sich Viktor vor seine Kommilitonen und sagte:

«So, meine lieben Freunde, was habt ihr mir mir Schönes zu berichten? Vielleicht zuerst du, Marcel. Bern hat ja Ende der Sommerschulferien fast eine Durchfallepidemie durchgemacht, wie ich aus der Zeitung erfahren habe. Du wirst froh gewesen sein um unsere Tabletten und sie wohl längst aufgebraucht haben. Bin sehr gespannt. Also, leg los!»

Marcels Bericht fiel gar nicht so aus, wie sich das Viktor vorgestellt hatte. Er bekam nicht das zu hören, was er hören wollte.

«Ich habe es nur viermal eingesetzt, aber leider ohne Erfolg – ganz im Gegenteil.»

Viktors Miene verfinsterte sich. Sein schweres Atmen war deutlich zu vernehmen. Marcel fuhr fort:

«Zwei Patienten, eine Frau und ein älterer Mann, haben auch nach Tagen nicht auf *Haraform* angesprochen. Ebenso wenig auf leicht erhöhte Dosen, wie in solchen Fällen auf dem Beipackzettel empfohlen wird. Ihr Durchfall war nicht zu stoppen. Plötzlich kam Fieber dazu. Später auch Bauchkrämpfe.

Amöben fanden sich im Stuhl und erhärteten meine Diagnose: Amöbenruhr. Das Krankheitsbild verschlechterte sich zusehends. Die Frau sprach nach drei Tagen von einem Kribbeln in den Füssen. Der Mann auch. Nach fünf Tagen klagten sie beide unabhängig voneinander über Sehstörungen. Da setzte ich das Mittel ab und verabreichte beiden ein Antibiotikum. Der Durchfall ging zurück. Das Kribbeln und die Augenprobleme verschwanden. Bei zwei Kindern zeigte sich fast das gleiche Bild. Ich verabreichte ihnen die geforderte Anzahl Tabletten. Beide reagierten mit heftigen Bauchschmerzen, sodass ich notfallmässig sogar zwei Hausbesuche einschalten musste. Beim zweiten Mal setzte ich das Medikament ab und gab Antibiotika.»

Marcel blickte in das entgeisterte Gesicht Viktors. Dann zu Arno, der sich nichtssagend am Kopf kratzte.

«Ich habe mich natürlich sofort gefragt, wo der Fehler liegen könnte. In meiner Diagnose? Nein, die wurde ja durch die Amöben im Stuhl und das gesamte klinische Bild erhärtet. Zum andern überlegte ich mir, ob die Dosierung falsch gewesen sei. Aber ich habe mich ganz genau an die Richtlinien auf dem Beipackzettel gehalten.»

Arno nickte zu Marcels Worten.

«Nach dem Absetzen gingen die Krämpfe vorüber, der Durchfall liess nach! Schäden blieben keine zurück. Es tut mir wirklich leid Vik, aber ich kann die Nebenwirkungen von *Haraform* unserer Freundschaft zuliebe nicht einfach totschweigen.»

Arno war derselben Meinung wie Marcel und war darüber erstaunt, dass dieser so klar und schonungslos geredet hatte. Natürlich wusste Marcel, dass «Napoleons» Stolz damit einen Kratzer abbekommen hatte, ohne dass sich dieser etwas hätte anmerken lassen.

«Sorry Vik, tut mir wirklich leid!»

Viktor schnitt eine Miene, als hätte ihm Marcel einen Kübel Eiswasser ins Gesicht geschüttet. Im Büro war es still geworden. Die eisige Dusche sollte für Viktor noch nicht vorüber sein. Arno Schoener konnte den erhofften Erfolg mit dem Wundermittel auch nicht bestätigen. Deshalb habe er die Medikation von *Haraform*, nachdem kein Erfolg auszumachen war, gleich wie Marcel mit einem Antibiotikum substituiert. Die Ausnahme stellten ein paar harmlose Fälle dar, die wohl auch ohne medikamentöse Unterstützung spontan abgeheilt wären. Er könne sich in seiner Klinik keine Misserfolge leisten, daher die Absetzung des neuen Medikaments.

«Ein Professor mit negativen Behandlungsresultaten geht nun gar nicht. Das ist ein absolutes No-Go!», ergänzte er.

Nach Arnos Urteil sank Viktor in sich zusammen oder tat wenigstens so. Er war schon immer ein hervorragender Selbstdarsteller gewesen. Eine Zeit lang hatte er im Theater am Gymnasium zentrale Rollen gespielt, meist Bösewichte. Rollen, die ihm auf den Leib geschrieben waren. Viktor Piller als Pendant zu Klaus Kinski. Er hatte auch rein äusserlich viel von diesem Schauspieler. Der Pharmavertreter nahm die negativen Berichte zur Kenntnis, aber nur wie einen kurzen, heftigen Platzregen an einem sonst ungetrübten Tag.

Eigentlich hatte er Marcel schon in der Studienzeit als einen kleinbürgerlichen, eher pedantischen Kollegen taxiert. So überlegte sich Viktor blitzartig eine neue Strategie ohne Marcel an Bord. Nur mit Arno. Dieser war grosszügiger, toleranter und nicht so stur. Kam dazu, dass dieser als Professor entschieden mehr Gewicht hatte als ein gewöhnlicher Hausarzt. Auch vom Patientengut her gesehen, stellte Arno als Chefarzt mit einer grossen Klinik im Rücken ein ganz anderes Potenzial dar.

Soll heissen: viel mehr Durchfälle, mehr Behandlungen und damit grössere Medikamenteneinsätze als eine Einmannpraxis. Die Brüderschaft könnte man ja weiterhin pflegen, ging es Viktor durch den Kopf, aber im Berufsleben würden sich die Wege von nun an ganz klar trennen – Überlegungen, die er Marcel natürlich nie erzählen würde. So etwas sagt man nicht. So etwas lässt man den andern nur spüren.

Trotz alledem lud Viktor die zwei Freunde zum traditionellen Abendessen ein und gab sich die grösste Mühe, keine Silbe mehr über das Medikament zu verlieren. Mit alten Erinnerungen, vor allem über ihre früheren Autos, frei nach dem Motto «Weisst du noch …?», überspielte Viktor das leidige Thema *Haraform* an diesem Abend nonchalant. Weder Marcel noch Arno konnten etwas von den sich anbahnenden Absichten Viktors erahnen.

So sprachen sie im weiteren Verlauf des Abends nur noch über Benzinkutschen, eine Schwäche von vielen Ärzten. Zumindest bei Marcel und Arno traf dies zu. Wie oft hatten sie während ihrer Assistentenzeit zu dritt an Marcels altersschwachem Renault Heck herumgeschraubt und gebastelt, bis die graue Maus wieder einigermassen rund lief. Derweil Arnos knallroter Austin Healey mit geöffnetem Dach vor Selbstbewusstsein strotzend danebenstand. Und erst Viktors blauer Porsche 356, den er neben der Gangsterlimousine noch besass. Nach erfolgter Bastelei fuhren sie jeweils einer hinter dem andern durch die Matte[7], wo Marcel aufgewachsen war, den Klösterlistutz und Muristalden hinauf nach Allmendingen in Richtung Münsingen oder gar Thun, wo sie in einer Gartenwirtschaft einkehrten, in der Sonne sassen und ihren Wagenpark bestaunten. Danach gings über den Langenberg

---

7   Berner Altstadtviertel an der Aare

zurück nach Bern. Wieder in der Matte unten angekommen, warteten die beiden Sportwagenfahrer, bis auch die graue Maus endlich ankam.

Keine drei Wochen später teilte Viktor Piller seinem Freund Arno Schoener per Telefon mit, dass die Probleme bei Marcel sine ira et studio[8] nur an der falschen Dosierung gelegen haben konnten. Im Übrigen habe er noch einen ganz anderen Pfeil im Köcher:

«Demnächst kommt die neuste, noch einmal stark verbesserte Version von *Haraform* mit der Zusatzbezeichnung *Plus* auf den Markt. Ich habe die ersten Packungen *Haraform-Plus*-Tabletten bereits bei mir und bringe sie dir am Montagmorgen gleich in die Klinik. Du wirst staunen, mein Lieber! Ich habe auch sonst noch etwas sehr, sehr Vertrauliches für dich im Hinterkopf ...»

Aber davon wolle und könne er am Draht nichts sagen. Viktor war nicht nur clever und ein trickreicher Schauspieler, sondern ein ebenso durchtriebener Schachspieler. Er wusste aus zahlreichen Gesprächen mit Marcel, dass ihm der Montag heilig war und er an diesem Tag nie in Arnos Klinik auftauchen würde. Am Vormittag hatte er nämlich seine «Diabetiker» für die Blutzuckerbestimmung und am Nachmittag die «Quicker», die blutverdünnten Patienten, deren Gerinnungsfaktoren regelmässig zu messen waren. Arno Schoener konnte hinter Viktors spontanem Wechsel vom Donnerstag auf den Montag nichts Verdächtiges erkennen, sonst hätte er sicher Gegensteuer gegeben.

Arno sagte bedenkenlos zu. Viktors Geheimnisse hatten stets etwas Prickelndes an sich. Also grübelte er, was der Bas-

---

8 Sachlich gesehen; lat. eigentlich: ohne Hass und Eifer

ler sonst noch für ihn auf Lager haben könnte. Etwas wegen Simone? Wie aus heiterem Himmel kamen Arno plötzlich Viktors Worte in den Sinn, als er ihn gleich zu Beginn des Anrufs gefragt hatte, ob Simone immer noch krank sei. Arno wunderte sich eigentlich erst jetzt über die kuriose Frage. Seine Frau war ja gar nicht krank gewesen, schon lange nicht mehr. Er fragte sich, wie Viktor auf diese Idee kam. Und er ärgerte sich darüber, dass er gedankenlos geantwortet hatte, dass es ihr wieder gut gehe und alles in Ordnung sei.

Wie angekündigt besuchte Viktor Piller seinen Freund am Montag in der Klinik, allerdings erst gegen Abend nicht wie vorgesehen am Morgen. Wieder einmal war etwas Wichtiges dazwischengekommen. Kaum im Büro angelangt, spürte er, dass Arno irgendwo der Schuh drückte. Sie kannten sich zu lange, waren zu vertraut miteinander, als dass Viktor das Leck im Befinden seines Freundes nicht augenblicklich bemerkt hätte. Aber er wusste auch, heikle Umstände sorgfältig und vor allem taktvoll anzugehen. Oft reagierte Arno empfindlicher als eine Mimose. Also brach Viktor nicht gleich über den Klinikchef herein wie eine Lawine über ein schlafendes Bergdorf. Nach ein paar belanglosen Worten stiess er ihn sachte in die Seite:

«Komm Arno, ich lade dich zum Abendessen ein!»

B eim Essen wurde zunächst über dieses und jenes, über das Wetter, neue Autos und den vorgesehenen Klinikanbau gesprochen. Viktor schlich sich sachte an sein freudloses Gegenüber heran. Er vermutete Simone als Grund für dessen Halbmaststimmung. Also cave – äusserste Vorsicht! Er versuchte einen Umweg, um zum Ziel zu gelangen und sprach vom neuen Medikament *Haraform-Plus*. Doch Arno hörte gar nicht zu. Es war, als hätte Viktor an eine Wand gesprochen, die jedes Wort kalt zurückwies.

Nach der zweiten Flasche verlor Viktor die Geduld und fragte ungewöhnlich forsch:

«So, jetzt aber raus mit der Sprache: Was ist los? Hast du ein Pankreas-Karzinom im Endstadium oder ist doch etwas mit Simone? Krank? Schwanger? Wieder abgehauen?»

«Weshalb kommst du dauernd mit dieser Krankheitsgeschichte? Verdammt, hör doch endlich mit diesem Kranksein-Mist auf! Du weisst es doch längst, oder?»

Arnos Gesicht hatte bei diesen Worten derbe Züge angenommen. Viktor rutschte näher zu Arno heran und flüsterte:

«Waaas sollte ich schon lange wissen, Shampoo, waaas?»

Das kleine Wörtchen Shampoo, das das Schlitzohr mit voller Absicht aus längst vergangenen Zeiten hervorgeholt und gezielt abgefeuert hatte, traf ins Schwarze. Aus Arnos vielsagenden Gesten spürte Viktor, dass eben doch Simone der Grund für die miserable Verfassung seines Freundes sein musste.

«Also ist doch etwas los mit Simone?»

Der Rotschopf nickte.

«Ich habe doch geahnt, dass du ein Problem hast», raunte der Basler mit kaum vernehmbarer, trockener Stimme. «Ich kenne dich doch, mein Pappenheimer!»

Er war ein Meister, wenn es darum ging, Leuten dezent die Würmer aus der Nase zu ziehen.

«Du kannst mir glauben, ich wusste nichts, gar nichts, sonst hätte ich nicht so doof gefragt. Du hast nie etwas in dieser Richtung erwähnt, und mit Simone habe ich schon lange nicht mehr richtig gesprochen. Du weisst genau, dass sie mich nicht mag wegen damals.»

«Das stimmt. Eure Interventionen hat sie dir und Marcel nie verziehen. Sie sah in euren Händen nur noch die blitzende Klinge der Meuchelmörder und hätte euch am liebsten abgeknallt wie Arthur Meursault den Araber[9]. Das hat sie oft gesagt.»

Arno nahm einen Schluck … und noch einen Schluck.

«Ja, es hat wirklich mit ihr zu tun … nur, dass *ich* diesmal verschwinde …!»

Mit jedem geleertem Glas und weiteren Wort öffnete sich Arno mehr und mehr:

«Es fing eigentlich mit einer ganz harmlosen Affäre an, die ich …»

Viktor hörte gespannt zu. Er wusste ja, dass sein Gegenüber schon zur Studentenzeit konstant in Weibergeschichten steckte. Aber die neue Liebschaft schien sich in kosmischen Dimensionen abzuspielen; sie schien alle andern zu überstrahlen. Viktor spürte, dass Arno fest entschlossen war, Simone zu verlassen. Nicht nur der fehlenden Kinder wegen.

---

9 Aus Albert Camus' *Der Fremde*

«Schliesslich hat sie mich vor Jahren auch sitzen gelassen», rechtfertigte er sich.

Mit dem Unterschied, dass du jetzt verheiratet, über fünfzig und an den Schläfen schon leicht ergraut bist, dachte Viktor.

Arno schien dessen Gedanken erraten zu haben und sagte trotzig:

«Ich bin zwar nicht mehr der Jüngste, aber jetzt bin ich am Zug, jetzt will ich die Scheidung so schnell wie möglich. Genau eine Woche nach dem Abendessen im *Bellevue* mit dir, Marcel und Manuela, habe ich es Simone gesagt. Sie meinte zuerst, ich mache einen Witz. Sie machte sich lustig über mich und tat die Angelegenheit als Laune eines alternden Professors ab. Aber ich liess sie einfach stehen und verliess das Haus. Erst da realisierte sie den Ernst der Lage. Als ich noch einmal schnell zurückging, um mein Necessaire zu holen, kam sie auf die Idee, Schmusekatze zu spielen, bat mich, nichts zu überstürzen und die Sache noch einmal ruhig zu überdenken. Unter Tränen erinnerte sie an unsere angeblich zehn wunderschönen Jahre zusammen.»

Er habe einfach abgewunken und sei gegangen, erzählte Arno weiter, und sie habe ihm nachgeschrien, dass ihn das teuer zu stehen komme.

«Du wirst bluten, bis dir das Schlafen mit der andern wehtut», hat mir die Furie gedroht.

Arno trank sein Glas leer.

«Seither übernachte ich auswärts. Als ich am Wochenende darauf nach Hause ging, um frische Kleider zu holen, lag auf meinem Schreibtisch ein Brief mit dem Absender einer Anwältin, einer Zirkelfreundin von Simone. Die Anwältin, eine Zigarillo rauchende Spinne, bereit jedes Männchen zu fressen, gewährte mir ein Gespräch, oder sagen wir eine Audienz. Sie empfing mich mit aufgesetzter Höflichkeit und eisigen Augen, die wenig Gutes erahnen liessen. Schon nach ihren ersten Worten zeigte sich, dass keine einvernehmliche Lösung zu erwarten war. Simone würde nie und nimmer zu einer gütlichen Scheidung Hand bieten; ich sei schliesslich der Schuldige und habe nichts zu fordern, erklärte sie moralisierend. Zwei Tag darauf kam ein Brief aus der Anwaltskanzlei mit Simones Forderungen.»

Arno schluckte trocken und hauchte:

«Ich bin erledigt.»

Arno hatte sich die ganze Zeit über die Seele vom Leib geredet, seinen Kummer und Frust vor seinem Freund ausgeschüttet. Und Viktor hatte einem Beichtvater gleich geduldig zugehört. Doch er dachte sich keine Busse aus, sondern passte seinen Plan der Situation Arnos an.

«So, jetzt kennst du die ganze Geschichte. Glaub mir, ich weiss zum ersten Mal in meinem Leben nicht mehr, wie es weitergehen soll. Es ist aus. Ich bin ein toter Mann, der noch am Leben ist.»

Der sonst selbstsichere und Erfolg verwöhnte Professor Dr. Arno Schoener, Ordinarius und Klinikchef, gab ein jämmerliches Bild ab: ein reifes Kornfeld nach einem fürchterlichen Hagelwetter; die reifen Ähren zerschlagen am Boden. Arno schob seine schwere Hornbrille auf dem schwitzenden Nasenrücken zurück.

«Ja, ihr hattet wirklich recht. Ich weiss nicht, welcher Teufel mich damals geritten hat. Ihre Kampfeslust? Die Andersartigkeit? Ihre legere französische Art? Ihre lockere Auffassung von Sex? L'amour fou? Eine rassige Hexe, die mich auf der Stelle verzaubert hat? Du erinnerst dich doch an Sartres

Motto: Du bist frei, also wähle und erfinde selbst das Gesetz deines Handelns? Wir waren doch alle hin und weg von unserem Idol, dem kleinen Franzosen. Der Guru lebte uns seine Philosophie mit seiner Geliebten vor. Ich fand das alles wahnsinnig toll, neu, unbeschwert, faszinierend. Die Simone widerspiegelte das moderne schrankenlose Leben, vom dem wir noch keine Ahnung hatten. Zudem glaubte ich, es sei die grosse Liebe! Erst jetzt weiss ich, was Liebe ist. Heute, als alter Sack!»

Arno musste nun selbst über seinen «alten Sack» grinsen, stellte die mimische Muskulatur aber sofort wieder auf todernst und kam auf die aktuelle Situation zurück.

«Jetzt werde ich Vater! Verstehst du? Endlich Vater!»

Viktor schien über den plötzlichen Kinderwunsch seines Freundes nun doch überrascht zu sein. Es war ein Thema, worüber während ihrer langen Freundschaft nie ein Wort verloren wurde. Anders bei Marcel Junod. Der redete schon immer von einer Familie. Obwohl er eine Zeit lang auch mit Habilitation und Professur geliebäugelt hatte.

«Entweder Familie plus Praxis oder Universitätskarriere. Beides verträgt sich nur schlecht, will man in der obersten Liga mitspielen», war Marcels Devise. Man sei zu oft weg von zuhause, sehe Frau und Kinder nicht, habe chronisch ein schlechtes Gewissen, und am Schluss winke oft die Scheidung.

Jene Worte, an welche sich beide Freunde mehr oder weniger erinnerten, kamen ihnen im Augenblick vor wie eine Offenbarung.

«Ja, unser guter Marcel hatte schon immer ein Gespür für die praktischen Seiten des Lebens», gab Arno zu. «Er stand immer mit beiden Füssen auf dem Boden. Ist auch nicht so geltungssüchtig wie wir, genügsam wie ein Schaf.»

«Dafür sind wir Professoren und er nur simpler Doktor mit Frau und Kind», meinte Viktor blasiert. Doch sogleich versuchte er, seine hochmütigen Worte mit einem fratzenhaften Grinsen zu überspielen. Arno schaute seinen Kumpel an und flüsterte, als hätte er die herablassenden Worte nicht gehört:

«Du glaubst gar nicht, wie oft ich dich, Vik, in den letzten Wochen beneidet habe. Du kannst tun und lassen, was du willst. Bist niemandem Rechenschaft schuldig. Ja, du bist frei geblieben, wie wir damals als Studenten alle frei waren und bleiben wollten!»

Arno kam in diesem Moment in den Sinn, dass er Simone oft mit Manuela, Marcels Frau, verglichen hatte. Mehr noch, er hatte Simone an Manuela gemessen. Manu, wie ihr Marcel zärtlich sagte, war ungekünstelt, natürlich, unkompliziert, intelligent und dazu ausnehmend hübsch. Zu einer Frau wie Manu hätte er durch alle Sorgen gehen können. Sie stellte sich nicht permanent ins Zentrum, sondern stand an der Peripherie des Lebenskreises mit Klarblick übers Ganze, bereit, jederzeit zu helfen, Liebe zu schenken, nicht nur zu konsumieren wie Simone. Von solchen Gefühlen und Gedanken durfte er freilich zu niemandem etwas sagen, und doch verriet er es Marcel später, als er nach der Geburt seines Kindes einen über den Durst getrunken hatte.

Endlich war der Herr Ordinarius von seinem lautlosen Gedankenflug wieder in die Realität zurückgekehrt.

«Mir bangt vor der Zukunft.»

Viktor war irritiert. Weniger über das Beziehungschaos und die Scheidung; die störte ihn gar nicht. Mehr über die Art und Weise, wie sein Freund sprach und nun auch noch angefangen hatte zu philosophieren und haltlos im Ungewissen zu schweben. Wie unsicher war er plötzlich, dieser anerkannte Professor, ein Schattengespenst ohne Konturen.

Früher, vor allem während des Studiums, hatten er und Marcel noch über Gott und die Welt diskutiert. Der kleine Viktor klickte sich in der Regel erst gegen Ende derartiger Diskussionen ein, wenn überhaupt. Seit der traurigen Geschichte mit seiner Cousine hatte er Gott abgeschafft. Für ihn brauchte man über Dinge, die wissenschaftlich nicht beweis- und darstellbar waren, erst gar nicht zu diskutieren. Sein Weltbild war schwarz oder weiss. Grautöne existierten für ihn nicht.

Aber auch Arno hatte seit seiner Berufung zum Professor aufgehört, über den Sinn des Lebens nachzudenken. Seine Gleichung für das Leben lautete nun: Karriere gleich Geld. Als würden sich hinter dem Geld die grossen Geheimnisse des Lebens verbergen. Aber mit Geld konnte man mindestens alles Materielle kaufen. Mit Spinnereien nichts. Jetzt, mit der Schlinge um den Hals, fing Arno wieder an zu philosophieren. Arno war alles andere als ein wankelmütiger Søren Kierkegaard, der sich in der Not furchtsam in den Glauben flüchtete, um imaginäre Hilfe und Erleichterung zu finden. Der Herr Professor wollte fortan das Leben wieder nach eigenem Gutdünken dirigieren. Aber wie? Die neue Leidenschaft hatte ihn in arge Geldnöte hineinmanövriert – eine Nebenwirkung, an die er in seinem Liebestaumel nicht gedacht hatte, denn seine Noch-Ehefrau liess sich nicht einfach auswechseln wie eine billige Glühbirne.

Dass dies Arno wirklich teuer zu stehen kommen würde, war Viktor inzwischen auch klar geworden, aber es war auch ein Faktum, das ihm die Durchführung seines Plans ganz erheblich erleichterte und sein Ansinnen erst noch nach echter Hilfe aussehen liess.

«Ist ein Kind nicht der eigentliche Sinn des Lebens?», sprach Arno leise vor sich hin. «Wozu sonst die ganze Plackerei, wenn man weder Geld noch Gene einer nächsten Generation weitergeben kann?»

Arno blickte Viktor an, ihn, der jeden Kinderspielplatz mied und der lieber neben einem Rangierbahnhof wohnte als in der Nähe eines Schulhauses. Viktor dagegen dachte im selben Moment, dass er nicht mehr richtig höre. Für Arno gab es ja bisher nur Medizin, Forschung, Lehre, mit einem Wort: Karriere. Deshalb, vermutete Viktor, hatte er wohl auch Simone geheiratet, im Wissen, dass sie ihm für den Beruf jede Freiheit gewähren würde. Beide Ehegatten benötigten und begehrten ihre Freiheit. Diese implizierte aber auch, ohne es auszusprechen: keine Kinder! – Wie nun so ein kleiner Knirps ein festgerahmtes Weltbild plötzlich auseinanderfallen lassen kann, dachte Viktor.

Der Pharmazeut trommelte mit den Fingern auf dem Tisch, als könnte er es kaum erwarten, endlich mit seiner Sache herauszurücken. Zu seinem Schrecken schien Arno vom Wein müde geworden auch noch einzuschlafen.

«Mist, ausgerechnet jetzt!», rief Viktor aus.

Der Kellner glaubte gerufen worden zu sein und näherte sich devot dem Tisch.

«Nein, nein, ich brauche nichts!», meinte Herr Professor Piller gereizt.

«Doch! Halt! Entschuldigen Sie. Bitte bringen Sie uns zwei Espresso.»

Der Kellner blickte ihn etwas irritiert an und entfernte sich.

Jetzt schlug Piller ärgerlich auf den Tisch, so kräftig, dass die Gläser klirrten und sich Arno mit einem Ruck aufrichtete. Als wäre nichts geschehen, fragte Viktor:

«Und die Neue? Du liebst sie doch? Oder war das nur eine Hosenladengeschichte?»

Arno grinste bittersüss.

«Aber du kennst mich doch!»

Zwei Augenpaare trafen sich kurz:

«Eben darum», gab Viktor salopp zurück.

«Ja natürlich liebe ich sie! Aber bald ohne Geld, nur mit Schulden könnte die Liebe schnell aus dem Ruder laufen. Die Scheidung wird verdammt viel Geld verschlingen. Simone will mein Elternhaus, mein Erbe, plus eine hohe Abfindungssumme. Nicht genug, auch noch die gesamten Scheidungskosten soll ich bezahlen. Dann ist noch das Haus in Adelboden; womit soll ich den Baukredit ablösen?»

«Sag mal mein Freund», wechselte Viktor plötzlich das Thema, «wer ist eigentlich deine neue Herzdame?»

«Du kennst sie nicht. Sie hat in Basel den Facharzt für Gastroenterologie gemacht, ist sehr hübsch und erst dreiunddreissig. In Basel hatte sie eine Liaison mit einem älteren Mann, auch einem Professor. Die Beziehung ist in die Brüche gegangen. Warum weiss ich nicht. Habe auch nicht danach gefragt. Zwischen uns gilt die Abmachung: Was vorher war, ist passé. Hier in Bern hat sie in der Kinderklinik einen Job als Oberärztin und betreut die kleinen Bäuche. Sie heisst Mileva.»

Plötzlich sass Vik wie narkotisiert da.

Arnos Seelentief schien für ein paar Sekunden verflogen, dann versank er wieder in Trübsinn. Er hatte nicht bemerkt, wie sein Freund beim Namen Mileva zusammengezuckt war. Der verliebte Professor sass hilflos auf seinem Stuhl, schlürfte seinen inzwischen eingetroffenen Espresso und kämpfte mit den Tränen. Ein desolates Bild, das bei Viktor nun unvermittelt den Startschuss für sein Vorhaben auslöste, auch wenn er in Gedanken ganz woanders war. Er fokussierte sich wieder auf sein Ziel.

«Mein Freund, ich lass dich doch nicht im Stich!»

Arno lächelte kurz.

«Ich kann dir helfen – ja, Arno, ich kann dir echt helfen.»

«Wie um alles in der Welt willst du mir helfen!?», muckste Arno auf.

Viktor drückte seinen krummen Rücken durch, wuchs dabei ein wenig in die Höhe:

«Mit Geld natürlich. Du brauchst doch Geld, oder? Mit Geld kann ich dir helfen.»

Ohne auf eine Antwort zu warten, fuhr er fort:

«Wie viel brauchst du?»

«Viel, sehr viel», brummte Arno, «die Scheidung, der Baukredit für Adelboden…», noch eine Spur leiser, «… den ich zu allem Übel massiv überzogen habe. Dann die Auslösesumme für mein Elternhaus, dazu kommt das Haus in Frankreich, die neue Familie, Möbel, den ganzen Kram halt. Du siehst schon: viel Geld, zu viel Geld.»

«Alles halb so schlimm», besänftigte Viktor galant und schnippte mit den Fingern den Kellner herbei.

«Bringen Sie uns bitte noch zwei Gläser» – und zeigte auf die umgedrehte Champagnerflasche im Eiskübel.

Arno blickte seinen Freund kopfschüttelnd an. Er wusste, dass Viktor als Direktor bei der Ciber-Geiler AG in Basel eine Bombenstelle mit einer riesigen Lohntüte hatte. Die Boni noch gar nicht eingerechnet, die je nach Medikamentenumsatz im stellaren Bereich lagen. Arno verdiente zwar als ordentlicher Professor und mit seinen Privatpatienten auch recht gut, aber gegenüber Viktor Pillers Erträgen nahmen sich seine Einnahmen fast schäbig aus.

«Um es schmerzlos zu machen», liess sich Viktor aus, «sag mir einfach, wie viel du brauchst. Zier dich nicht, ich versichere dir, es bleibt unter uns.»

Arno hätte seinen Freund nur schon für diese Worte am liebsten umarmt. Er schaute sich um, ob wirklich niemand lauschte.

«Vik, ich habe keine Sicherheiten mehr. Mein Haus bekommt wahrscheinlich Simone und …»

Viktor fiel seinem Gegenüber erneut ins Wort:

«Wir finden uns schon.»

Arno händeringend und verzweifelt:

«Ich brauche eine Million, sonst kann ich mir gleich die Kugel geben.»

Viktor nickte, als hätte Arno tausend Franken gesagt.

«Okay Arno! Das geht in Ordnung. Geld soll doch nicht das Problem, sondern die Lösung sein: Ich gebe es dir! Du kannst morgen Abend schon im Besitz der Million sein. Am besten eröffnest du eine neues Konto in Basel, von dem Simone nichts weiss, gibst mir deine Bankdaten, und ich löse die Überweisung aus. Ein Knopfdruck genügt, so einfach geht das!»

Arno blickte Viktor an, als ob er in dessen Gesicht nach einem scherzhaften Zug suchen wollte. Dann nahm er einen Schluck aus dem eben servierten Glas und sagte:

«Meinst du das jetzt wirklich ernst oder willst du mich verarschen? – Ich sagte: eine Million!?»

Viktor stiess den vor ihm stehenden unberührten Espresso weg, nahm sein Glas und sagte: «Keine Verarschung, mein Freund», und schickte sich an, mit Arno Prosit zu machen. Doch dieser reagierte nicht, sass unbeweglich da, nickte mehrmals. Im Augenblick tickte der sonst extrem kluge Kopf ausgesprochen langsam. Von einer Minute auf die andere sollen alle meine finanziellen Sorgen vorbei sein?, ging es ihm durch den Kopf. Weshalb sollte mir Viktor einfach so eine Million anbieten, ohne Sicherheiten, ohne Garantien?

Viktor kratzte sich an der Stirn, eine Geste, die er sich beim Pokern angeeignet hatte, um den Gegner abzulenken oder gar auf eine falsche Fährte zu führen. Dann meinte er betont locker:

«Du weisst doch, mein Lieber: Manus manum lavat[10] …»

Arno nickte mit fragenden Augen, als warte er auf eine Eingebung. Viktor kam ihm zu Hilfe:

«Das ist ganz einfach: Du machst an deiner Klinik schöne Studien über Diarrhö-Patienten. Das heisst natürlich über die hervorragende therapeutische Wirkung von *Haraform-Plus* mit einigen tollen Publikationen in viel gelesenen Fachzeitschriften, und schon hast du keine Schulden mehr, beziehungsweise sie sind dir getilgt. Ist das ein fairer Deal oder nicht?»

Arno schluckte leer.

«Aber …?»

Viktor konterte im gleichen Atemzug:

«Nichts aber! Der Angelpunkt unserer diskreten Vereinbarung dreht sich um diese Veröffentlichungen. Möglichst viele und möglichst bald unter dem Oberbegriff ‹*Haraform-Plus* – Forschung, Lehre, Heilung› oder etwas Ähnlichem. Das überlasse ich dir. Mit den Papers kannst du dich durch eigene Kraft aus deinem Schlamassel herausziehen. Ich gebe dir das Geld dazu und du ziehst! Sonst, ja sonst bekommt es einer in Zürich oder Basel. So läuft der Hase. Hier in Bern wäre dir und mir geholfen. Ein Pakt mit zwei Siegern. Aber es gilt absolutes Stillschweigen nach allen Seiten hin! – Na?»

---

10 (lat.) Eine Hand wäscht die andere.

Arno begann mit sich zu kämpfen.

«Aber du weisst doch, dass meine ersten Behandlungen mit *Haraform* alles andere als berauschend waren. Das ist hinlänglich bekannt! Nun soll ich diese plötzlich vergessen, oder tun, als wüsste ich nichts davon? Wie stellst du dir das vor? Ich fluche über den Kommunismus, und kurz darauf trete ich als überzeugter Genosse der KP bei. Da nimmt mich doch niemand mehr ernst, und auch die schönsten Papers bringen da nichts!»

Viktor grinste überlegen:

«Du hast natürlich recht! Das kannst du als seriöser Professor gewiss nicht. Auf keinen Fall! Das will ich auch nicht. Das hilft niemandem. Aber wir haben das *Haraform* schon vor deiner und Marcels Kritik noch einmal auf den Prüfstand gelegt, kompromisslos die zwei fehlerhaften Seitengruppen verifiziert und das Präparat verbessert! Daher heisst das Medi jetzt auch *Haraform-Plus*. Jetzt hält es, was es verspricht – in jeder Beziehung. Die ersten positiven Resultate aus unseren Labors liegen bereits vor. Ich sage dir: genial! Ich sende sie dir. Du kannst also total beruhigt sein und in vollem Vertrauen mit den Studien starten.»

Viktor war im Denken schon immer schneller als jeder Blitz und nahm seinem Freund gleich noch die letzte Brise Wind aus den Segeln.

«Mit der Modifikation konnte überdies auch noch die Indikationsbreite erheblich erweitert werden. *Haraform-Plus* ist nicht mehr nur gegen die Amöbenruhr wirksam, sondern gegen alle Arten von Durchfall, wie die ersten Resultate deutlich gezeigt haben.»

Arno hatte die Segel gestrichen.

«Ja wenn das so ist, bin ich natürlich einverstanden!»

Arno packte die dargereichte Hand seines Busenfreundes, und besiegelt war der Deal. Dann endlich trafen sich die Gläser zum Prosit.

Arno atmete auf. Mit einem Schlag war er sein Geldproblem los. Das Erbe war gerettet. Das Haus in Adelboden war gerettet. Seine Ehre war gerettet und er ein freier Mann, bereit, ohne Geldsorgen die neue Ehe einzugehen und Vater zu werden. Kurz: Das Leben wartete wieder auf ihn. Ein Wunder war dem Hoffnungslosen am Rande des Abgrunds widerfahren.

«Vik, du bist ein wahrer Freund», sagte er zu Tränen gerührt. «Das werde ich dir nie vergessen!»

Viktor blinzelte seinem Freund grinsend zu:

«Wozu hat man sonst seine Freunde?»

Eine banale und tragische Zusage zugleich. Arno, im Taumel der Befreiung aus seiner Ausweglosigkeit und berauscht vom Wein, kam nicht dahinter, dass Viktors Hilfe weit über das Wohlwollen einer Freundschaft hinausging. Für ihn zählte nur eines: Er war nun wieder der Herr Professor – ein König. Nichts schien mehr unerreichbar.

«Was meinst du noch zu einem kleinen *Dom Perignon* an der Bar, so abschliessend zur freudvollen Beilegung deines Problems?», grinste Viktor aufgezogen und auch ein wenig vom Wein beseelt.

Als sich die beiden lange nach Mitternacht umständlich durch die Drehtür des Hotels nach draussen quetschten, zupfte Viktor Arno am Mantelärmel.

«Arno, mir ist da noch etwas in den Sinn gekommen. Du könntest von unserem Medikament noch viel mehr profitieren, wenn du …», er zog den Freund auf eine Hauswand zu, wo sie niemand sehen und hören konnte, und sagte leise:

«Was meinst du zu einer Habilitation über *Haraform-Plus* an deiner Klinik? Die würde ich dir hoch anrechnen – sehr hoch! Du weisst schon, was ich meine?!» Dabei wetzte Viktor den Daumen an der Zeigefingerspitze.

«Setz doch deinen Oberarzt darauf an, den Dr. Bub, oder wie der heisst. Wir schicken ihn samt Frau an eine amerikanische Universität, zum Beispiel nach Boston oder New York. So lernt er fliessend Englisch für spätere Vorträge, Kongresse und Tagungen round the world als Opinionleader für *Haraform-Plus*. Alles auf Kosten meiner Firma …», Viktor legte wieder eine kurze, taktische Pause ein, «… und du sagst mir, was ihr an der Klinik noch alles braucht an Apparaten, Einrichtungen, Lehrmitteln und so – du verstehst? Und das für dich, das Private, machen wir unter uns aus. Das geht keine Menschenseele etwas an, nur dich und mich!»

Viktor war bei seinen letzten Worten noch näher an Arnos Gesicht getreten und flüsterte leicht besäuselt, dass nach aussen nur ein Zischen zu vernehmen war:

«Ich sage dir, Arno: Das Geld wird zu dir hin fliessen wie Wasser!»

Nach einem zweiten festen Händedruck kehrte Viktor zurück ins *Bellevue*, wo er übernachtete.

Professor Dr. Arno Schoener dagegen tänzelte förmlich über die Kirchenfeldbrücke hinweg, von der er vor wenigen Stunden noch vor lauter Hoffnungslosigkeit am liebsten hinunter in die Aare gesprungen wäre.

Der Sucher von Dr. Dano Bub piepste wie verrückt, als würde ein Notfall nach dem andern eingeliefert. Der zwei Meter grosse Mann mit Kinnbart und Schnauz stand im Gang der Bettenstation der Gastroklinik. Er sprach gerade mit einem kleinen, schmächtigen Assistenten. Bub liess den Winzling stehen, marschierte zum Wandtelefon und hob den Hörer aus der Gabel:

«Hier Bub, ja, selbstverständlich Herr Professor, bin gleich bei Ihnen, schon auf dem Weg.»

Was da wohl wieder los ist?, fragte sich der Doktor auf dem Weg nach oben. Ja, Dano Bub war tatsächlich auf dem Weg nach oben, nur dass er davon noch nichts wusste.

Schon jetzt musste man zu ihm emporblicken – körperlich gesehen. Jeder halbwegs durchschnittlich gewachsene Mensch sah neben Bub aus wie ein Zwerg. Das galt auch für seinen Chef, obwohl dieser ein stattlicher Mann war. Dr. Dano Bub blickte gerne und nicht ohne Genuss von oben auf die Welt hinunter.

Doch jetzt ging es zuerst mit dem Lift hinauf zum Chef, der den ehrgeizigen jungen Oberarzt gut mochte. Der Professor und sein erster OA stellten ein gut eingespieltes klinisches aber auch wissenschaftliches Duo dar. Ein universitäres Vater-Sohn-Verhältnis. Der Sohn verehrte und achtete den Vater, und dieser förderte den Sohn, wo er nur konnte. Und nun sollte es mit dem Filius eben nicht nur mit dem Lift nach oben gehen, sondern auch mit der Karriere.

Erst kürzlich hatte der Lange beim Professor sein Habilitationsthema fassen dürfen, obwohl eigentlich der ältere Oberarzt an der Reihe gewesen wäre. Doch der verstand sich mit dem Chef nicht so gut wie Dano Bub. Der andere erlaubte sich da und dort eine eigene Meinung zu haben, was bei Schoener nicht sonderlich auf Gegenliebe stiess.

Nicht so Bub. Der tat, sagte und dachte, was und wie der Chef befahl – der Habilitand als nützlicher Idiot.

Dano Bub hatte mit neunzehn Jahren die Matura abgelegt und auch das Medizinstudium im Flug über die Bühne gebracht, sofort danach den Spezialarzt für Gastroenterologie erlangt, um sich nunmehr bei Schoener zu habilitieren.

Die Belegschaft der Klinik mochte den Streber nicht sonderlich. Die einen nicht, wegen seiner körperlichen Überlegenheit und dem selbstherrlichen Blick auf die Mitmenschen hinunter. Andere nicht, weil er sie mitsamt ihrer Karriere rücksichtslos auf die Seite bugsierte. Dritte ertrugen ihn nicht, weil er wirklich etwas verstand und konnte, nicht nur als Arzt, sondern auch als angehender Wissenschaftler. Er stellte somit eine unbeliebte Mischung aus körperlicher Grösse gepaart mit hoher Intelligenz, Eifer und Ausdauer, Ehrgeiz und Können dar. Ein ganzes Fuder von Qualitäten, von denen ein Normalsterblicher wenigstens die eine oder andere selbst gerne gehabt hätte. Dazu kam noch eine besondere Fähigkeit, die für eine Universitätskarriere sehr hilfreich war: die Kunst des Schweigens. Er schwieg und duckte sich, wenn immer es nötig war. Und widersprechen? Nur das nicht! Auch nicht, wenn er im Recht und der Chef im Unrecht war. Bub war ein Kopfnicker und lachte auch bei jedem Witz, den sein Habilitationsvater machte. Auch wenn er den Kalauer schon hundertmal gehört hatte.

Dr. Bub trat in den Aufzug, musste den Kopf mächtig einziehen, neigte ihn sogleich zum Spiegel neben der Lifttür hinunter, der ihm im aufrechten Stehen nur seine Brust zeigte, schob die Brille sorgfältig zurecht und richtete die Krawatte. Das Outfit ist die Visitenkarte des Menschen, lautete eine der Maximen des Klinikleiters. Das wussten Frau und Mann. Danach richtete man sich. An den kurz geschnittenen Haaren gab es nichts zu korrigieren. An den Schläfen zeigten sich bei Dano Bub bereits Geheimratsecken, die seiner hohen Stirn noch zusätzlich einen intelligenten Touch verliehen.

Professor Dr. Arno Schoener behandelte den strebsamen und loyalen jungen Gastroenterologen fast wie seinen eigenen Sohn. Dano Bub stammte aus eher ärmlichen Verhältnissen. Er gab sich stets die grösste Mühe, tadellos vor dem Klinikchef aufzutreten, wann immer es verlangt wurde. Aber jetzt fragte er sich doch ernsthaft, was plötzlich so dringend anstand, so früh am Morgen.

Dr. Bub hatte erst vor einem Monat seine «Habil» gefasst. Ob da etwas in Brand geraten sein könnte?, fragte er sich verunsichert. Hatte er sich zu früh gefreut? War ihm der zweite Oberarzt nun doch noch ins Gehege gekommen? In klinischer Hinsicht und im Unterricht wäre jener geeigneter gewesen. Vor allem war er aber beliebter als der lange Bub, den alle Kollegen und Schwestern nur den «Ehrgeizler» nannten. Der andere war auch ein fähiger Arzt, aber, und das war sein Problem, noch nicht promoviert. Er kam mit seiner Dissertation nicht vom Fleck, hatte ein zu weitläufiges Experiment in Angriff genommen, das sich immer wieder verzögerte. Tierversuche sind immer ungeeignet, wenn man innerhalb einer bestimmten Zeit zum Resultat kommen will. Oft muss die Versuchsanordnung abgeändert werden, oder die Tiere reagieren anders als erwartet. Jedenfalls schwor er für sich, nie mehr etwas mit Tieren zu machen – Experimente schon gar nicht. Mehr und mehr stellte er sich sogar gegen Tierversuche. Überzeugt, dass die armen Geschöpfe nicht nur leiden mussten, sondern auch Resultate brachten, die nicht auf den Menschen übertragbar oder nur mit vielen Wenn und Aber und damit nicht relevant waren. Eine Einstellung, die seinem Chef gar nicht passte. Am liebsten hätte er den ganzen Bettel mit den Hunden hingeschmissen und über die Wirkungsweise eines bekannten Medikaments dissertiert. Doch bei diesem Anliegen geriet er bei Schoener an den Falschen. Dieser erklärte ihm klipp und klar, dass die Auslagen für das Experiment bereits dermassen angewachsen seien, dass der Kostenträger jetzt unbedingt ein Resultat erwarte.

Dr. Bub war mit seinem Habilitationsthema *Über vergleichende Wirkungen unterschiedlicher Antibiotika, unter besonderer Berücksichtigung der Tetracycline auf die Heilung der Amöbenruhr* auf der besseren Seite. Es war zwar auch eine experimentelle Studie, aber seine «Tiere» waren Menschen, mit denen er sprechen konnte. Die Untersuchung war berechenbar. Bub hatte an den Wochenenden und Abenden bereits viel Zeit investiert, Literatur zusammengesucht und etliches gelesen, sogar schon mit Schreiben angefangen. Er wollte schnell ans Ziel kommen. Es ging Dano Bub bei der Habilitationsschrift nicht um die Wissenschaftlichkeit einer Arbeit an sich, sondern einfach um den Titel «Privatdozent», um dereinst Professor werden zu können. Die Möglichkeit, ohne Promotion und Habilitation direkt Professor zu werden wie einst Friedrich Nietzsche und dies erst noch im Alter von vierundzwanzig Jahren, war in der Medizin nicht, auch in andern Fakultäten kaum möglich. Seit er das Thema hatte, war seine Sucht, universitär geadelt zu werden, unstillbar geworden und stieg von Tag zu Tag an. Kein Hindernis sollte ihm dafür zu gross sein.

Er klopfte an die Tür.

«Kommen Sie herein, Dano!», hiess ihn die unsichtbare Stimme des Chefs. Der Professor nannte sein Lieblingsschäfchen oft beim Vornamen, aber siezte es gleichwohl. Bub trat ein. Schoener stand am Bücherregal:

«Nur kurz, bevor ich an den Kongress nach Wien fliege. Ich habe da noch etwas wegen Ihrer Habil.»

Bub stand da wie eine Fahnenstange im Wind, neigte sich leicht und devot dem Professor zu.

«Wollen Sie meine Habil etwa einem andern geben?», sprang ihm ungewollt über die Lippen. Mit «einem andern» meinte er natürlich, ohne es ausdrücklich zu sagen, den andern Oberarzt, erschrak aber sogleich selbst über seine forsche Frage. Er wollte sie ja nur denken, nicht aussprechen. Bub war im Sprechen generell schneller als im Denken.

Die Stimme des Professors am Telefon hatte seltsam, fremd, ja fast bedrohlich geklungen, dass ihn ein ungutes Gefühl beschlichen hatte. Der Streber rechnete plötzlich mit allem. Nicht selten konnte Schoener ein wenig wetterwendisch sein, wenn ihm irgendeine Laus über die Leber gekrochen war. Der lange Dano konnte ja nicht ahnen, woher das raue Timbre in der trockenen Stimme des Chefs wirklich kam. An *Dom Perignon* hätte er zuletzt gedacht, hätte auch gar nicht gewusst, was das ist.

Die Klinik war Arno Schoeners Reich und er der absolute Herrscher. Nicht selten ein Machiavelli. Es lief in seiner Klinik, wie er wollte. Ein Umstand, den es zu respektieren galt, vor allem für einen Habilitanden.

«Ein Lehr- und Klinikbetrieb», sagte er oft, «läuft erst rund, wenn jemand die Marschrichtung angibt und die anderen brav mitmarschieren und zwar in derselben Richtung – c'est à prendre ou à laisser.»

Einer, der im Fach Gastroenterologie die akademische Laufbahn anpeilte, kam an Professor Dr. Arno Schoener, dem Ordinarius und Klinikchef von Bern, nicht vorbei. Er war nicht nur international bekannt, er war auch anerkannt. Wer bei ihm studierte, doktorierte oder gar habilitierte, trug einen unbezahlbaren Bonus im Schulsack mit, der ihm später jede akademische Tür öffnete. Was nun nicht hiess, dass Schoener nur Freunde hatte. Erfolgreiche Männer haben immer Feinde.

Der Professor lächelte.

«Nein, nein, wo denken Sie auch hin, Dano? Ganz im Gegenteil.»

Dano atmete leise, aber umso tiefer durch, erlöst, befreit und beglückt, ganz Ohr, was ihm sein wissenschaftlicher Vater nun zu vermelden hatte. Da hörte er sie wieder: die fürsorgliche, fast väterliche Stimme seines Chefs. Sie klang zwar immer noch etwas kratzig und heiser, aber nicht mehr gefahrvoll. Der Habilitand bestaunte seinen Professor wie eine Reliquie und verehrte ihn ebenso sehr.

«Mir ist da heute Morgen auf dem Weg in die Klinik ein Gedanke gekommen, wie wir Ihre Habilitationsschrift im wissenschaftlichen Sinn noch auf ein höheres Level hieven könnten. Quasi noch etwas würzen, aufpeppen … mit einer leichten, aber entscheidenden Änderung im Titel.»

Schoener schaute zum Oberarzt hinauf wie zu einem Berggipfel und ergänzte:

«Sie wissen ja, der Teufel steckt im Detail.»

Der Oberarzt lächelte, nickte zustimmend mit seinem grossen, eiförmigen Kopf, bevor er überhaupt wusste, worum es bei der Änderung ging.

«Ich ändere Ihr Thema nur geringfügig, wie Sie sehen werden, und freilich nur, wenn Sie damit einverstanden sind.»

Ohne Dr. Bubs Antwort abzuwarten, fuhr der grosse Wissenschaftler fort:

«Wir ersetzen das Wörtchen ‹Tetracycline› elegant durch ‹*Haraform-Plus*›. Somit lautet Ihr Habilitationsthema neu: *Vergleichende Wirkungen unterschiedlicher Medikamente auf die Heilung der Amöbenruhr unter besonderer Berücksichtigung von Haraform-Plus.*»

Schoener lachte zufrieden mit sich und seiner brillanten Idee, als hätte er den gordischen Knoten mit einem einzigen Wörtchen durchgehauen.

«Und? Was sagen Sie dazu, Dano?»

Das Gesicht des Oberarztes hatte sich in den vergangenen Sekunden bereits deutlich aufgehellt. Alles, was ihm zu Schoeners Änderung auf die Schnelle einfiel, war der freudige Ausruf:

«Super, einfach super!»

Als er endlich wieder festen Boden unter seinen geistigen Füssen verspürte, kam ihm doch noch eine etwas gescheitere Bemerkung in den Sinn:

«Wir wissen ja mittlerweile längst, dass Tetracycline bei Diarrhö helfen, aber eben auch unerwünschte Nebenwirkungen haben. Ich denke an die Verfärbungen der Zähne bei Kindern im Wachstum.»

Professor Schoener lächelte.

«Genauso ist es, deshalb habe ich die Änderung angeregt.»

Dr. med. Oberarzt Dano Bub fühlte sich schon ein wenig als Privatdozent. Als er sich dem Ausgang zuwandte, flüsterte er wie nach dem Erwachen aus einem tiefen Traum:

«Einfach genial!»

In der Ekstase des Augenblicks vergass er, seinem Chef auf Wiedersehen zu sagen, drehte sich jedoch plötzlich wie gestochen auf den Fersen um und meinte beschämt:

«Jetzt wäre ich beinahe davongeschlichen, ohne Ihnen einen guten Flug und viel Erfolg mit Ihrem Referat zu wünschen. Auf Wiedersehen, Herr Professor.»

Der Ordinarius nickte majestätisch und gab huldvoll zurück:

«Es könnte gut sein, dass ich so nebenbei Ihren Namen mitsamt dem Habilitationsthema schon mal einschmuggle, um die lieben Herren Kollegen etwas neugierig zu machen.»

Dann ging der Chef zügig an ihm vorüber.

«Also bis bald und auf Wiedersehen, Dano!»

Der Kongress der Gastroenterologen in Wien verlief ganz anders, als sich dies Professor Schoener vorgestellt hatte. Es dominierten nur zwei Themen die Tagung, welche die ursprünglichen Simultanvorträge über die verschiedenen Therapiemöglichkeiten bei Durchfällen im Zusammenhang mit der Amöbenruhr in den Schatten stellten. Die Auditorien der Hauptvorträge waren daher praktisch leer; die der eingeschalteten Referate dagegen randvoll.

Der erste Referent aus den USA hatte aus aktuellem Anlass seinen Gastrovortrag fallen gelassen und berichtete stattdessen über erste Fälle einer grässlichen, ja verheerenden Lungenentzündung, der Pneumocystis carinii-Pneumonie, die bisher nur im Endstadium mit angeborenem schwerem

Immunmangel beobachtet worden war. Man sei nicht nur hilflos gegen diese neue Erkrankung, sondern auch völlig ratlos. Auf der Haut würden bösartige Geschwülste, sogenannte Kaposi-Sarkome aufbrechen. Die Krankheit verlaufe äusserst aggressiv und tödlich. Sie sollte wenig später den Namen AIDS bekommen. Man vermutete eine Übertragung des hochpathogenen Virus mit verunreinigten Spritzen bei Drogenkonsumenten und bei ungeschütztem Geschlechtsverkehr, vor allem in der homosexuellen Szene.

Ein zweiter Referent, ebenfalls aus Amerika, beleuchtete im Zusammenhang mit den zunehmenden Drogenproblemen und auch in Bezug auf die Pneumocystis seines Vorredners eine weitere furchterregende Aktualität in den USA. Er sprach von einer neuen Droge, die noch stärker süchtig mache als Kokain. Sie könne ganz einfach aus Kokainhydrochlorid durch Erhitzen mit Wasser und Sodabikarbonat hergestellt werden. Nach dem Abkühlen blieben grauweisse Körner zurück, die in kleinen Pfeifen geraucht viel intensiver berauschen und noch um einiges schneller abhängig machen würden als Kokain durch Schnupfen. Die neue Droge sei zudem wesentlich billiger als Kokain und werde «Crack» genannt.

Der bekannte Schweizer Professor Dr. Arno Schoener sei über den Kongressverlauf sehr enttäuscht, verärgert und irritiert gewesen, dass die Hauptvorträge durch marktschreierische Neuigkeiten, über die man noch viel zu wenig wisse, total verdrängt worden seien. Er warf der Leitung kommerzielle Absichten vor. Sie seien am Gängelband der Pharmakonzerne, die sich mit bald zu erwartenden, neuen Impfstoffen als Goldsponsoren für Kongresse ins Spiel bringen wollten, wenn noch gar nichts Konkretes vorhanden sei.

«Leider geht es in der modernen Medizin zunehmend ums Geld anstatt um Forschung, Lehre und Heilung», wurde der Schweizer Wissenschaftler in einem Kongressbericht zitiert.

Arno hätte seinem Freund Viktor lieber einen besseren Bescheid nach Hause gebracht. Stattdessen musste Professor Schoener in Wien hinnehmen, dass der Stand der Ciber-Geiler AG während der Ausstellung der Tagung kaum Besucher hatte und so gut wie kein *Haraform-Plus* verkaufte. So stellte man sich den ersten Auftritt des verbesserten Produkts nicht vor. Doch Pharmaagent Piller hatte nicht im Sinn, seine Strategie zu ändern.

Als der Chef längst wieder aus Wien zurück war, wurde Dr. Dano Bub erneut ins professorale Büro zitiert. Diesmal war Schoener nicht allein. Neben dem Fauteuil beim Schreibtisch stand ein kleiner schmächtiger Herr mit einer spitzen Nase. Bub hatte diesen Mann schon oft in der Klinik gesehen und festgestellt, dass der Unbekannte mit dem Chef per Du war. Dem lockeren Benehmen nach wohl sogar eng befreundet, wie er ihrem vertrauten Umgang miteinander entnehmen konnte.

«Kommen Sie, Dano, ich möchte Ihnen einen ganz wichtigen Mann für Ihre Habilitation und vielleicht sogar für Ihre Zukunft vorstellen.»

Bub trat zum Schreibtisch. Als die Stange von Mensch vor dem kleinen Mann stand, schickte sich dieser an, beim Händeschütteln spasseshalber auf die Zehenspitzen zu stehen. Schoener sah es, griff schnell ein und hiess seinen Oberarzt im Fauteuil Platz nehmen. Als sich der Überlange hingesetzt hatte, meinte der Professor:

«So, jetzt sind wir alle etwa gleich gross», und grinste übers ganze Gesicht. Der Kleine grinste. Der Grosse grinste; er wusste genau, dass er zu Witzen des Chefs stets zu lachen hatte, vor allem dann, wenn wieder etwas Unbekanntes anstand.

«Mein Name ist Piller, Viktor Piller», begann der Unbekannte mit leicht gefärbtem Basler Dialekt.

Dem Oberarzt war, als hätte er diesen Namen schon irgendwo gelesen oder gehört, sogar schon mehrmals. Er vermochte sich aber im Moment nicht zu erinnern, in welchem Zusammenhang er diesem Namen begegnet war. Das spürte Schoener und sprang sogleich erklärend ein:

«Sie müssen wissen, Herr Kollege Bub …», – Was für eine ungewöhnliche Anrede, dachte dieser – «… der Mann vor Ihnen ist Professor Dr. med. Dr. pharm. Viktor Piller, Direktor der Ciber-Geiler AG in Basel. Wir sind seit dem ersten Semester an der Uni Bern eng befreundet. Mehr noch, wir sind wie Brüder und zusammen schon einen langen Weg in der Medizin gegangen und wollen ihn auch weiterhin gemeinsam gehen. Ich habe meinen Freund über Ihre Habilitation und das Thema informiert. Er ist begeistert davon und sieht ein grosses Potenzial dahinter, umso so mehr, als dass das Produkt *Haraform-Plus* zufälligerweise aus seiner Firma stammt. Dazu haben wir uns eben ein paar Gedanken gemacht, die wir mit Ihnen erörtern möchten.»

Im Büro war auf einmal eine Spannung zu spüren wie in der Atmosphäre vor einem Gewitter. Dr. Bub schaute zu seinem Lehrer, dann zum Besucher. Er wusste nicht recht, ob es jetzt an ihm wäre, etwas zu sagen oder nicht, zog es jedoch vor, zunächst zu schweigen. Stattdessen nickte er bedächtig.

Professor Schoeners Lippen bewegten sich langsam:

«Soll ich … oder willst du es ihm sagen?»

Aber das war bloss eine seiner rhetorischen Fragen, denn er fuhr im selben Atemzug fort:

«Sehen Sie, Dano, für Ihre universitäre Karriere ist heutzutage ein Klinikaufenthalt in Amerika unablässig. Zum einen, um in Wort und Schrift Englisch, die Sprache der modernen Medizin mitsamt all den Termini technici perfekt zu erlernen, aber auch um andere Methoden und Ansichten unseres Fachs zu studieren. Kurz und gut: Ein Aufenthalt in den USA scheint uns für Sie das Beste!»

Es war totenstill geworden. Die Atmosphäre hatte sich gesäubert. Die Gewittergefahr war vorüber.

Dr. Bub schaute betört von einem Professor zum andern, dann beschämt zu Boden. Ohne auf Bubs Antwort zu warten, wechselte Schoener auf die väterliche Anrede:

«Dano, ich weiss, was Sie nun denken oder kann es mir lebhaft vorstellen. Ich glaube Ihre Verhältnisse zu Hause und Ihre Familie einigermassen zu kennen. Fragen Sie jetzt nicht warum. Ich weiss es einfach. Aber das tut ohnehin nichts zur Sache. Darüber haben mein Freund und ich natürlich auch diskutiert.»

Schoener wusste, dass Dano Bub aus einer biederen Arbeiterfamilie stammte, auch wenn der junge Arzt selbst nie darüber sprach. Aber ein Ordinarius vom Kaliber eines Schoeners hatte Beziehungen und sehr, sehr weitreichende Arme. So konnte er mehr oder weniger alles über seine Leute und auch sonst in Erfahrung bringen, was er zu wissen begehrte. Dafür hatte er seine Beziehungen.

Bei Bubs Eltern gab es am Mittagstisch fast nur ein Thema: Geld, immer nur Geld. Geld, das man dringend gebraucht hätte, aber nicht hatte. Jeder Rappen musste umgedreht werden. Auch jetzt noch beim Sohn. Sein Gehalt als Oberarzt war nicht berauschend. Er hatte zwar eine tüchtige Frau, Anna hiess sie. Doch war schon das zweite Kind unterwegs.

Der Lohn an der Klinik hätte für die kleine Familie gereicht. Aber Dano musste noch ein Darlehen aus der Studienzeit zurückbezahlen. Sprünge gab es daher keine zu machen, ins Ausland schon gar nicht. Der grosse Dano hatte sich schon als Kleiner immer wieder heimlich geschworen, als Erwachsener einmal nicht mehr arm zu sein, wollte alles unternehmen, um später zu Geld zu kommen und vorne zu stehen, nicht immer zuhinterst.

Dr. med. Bub sah fragend auf den Freund seines Chefs und überlegte, was dieser unscheinbare Mann wohl mit Amerika zu tun haben könnte.

Piller flog in diesen Sekunden auch rasch zurück in sein Elternhaus, wo es am Mittagstisch ebenfalls nur ein Thema gab: Geld, immer nur Geld, mit dem Unterschied zur Familie Bub, das Geld in seiner Familie in Hülle und Fülle vorhanden war. Es gab kaum etwas, was sich Viktors Eltern nicht hätten leisten können. Papa war Generaldirektor einer Grossbank. Mutter Alleinerbin eines steinreichen Fabrikanten aus Zürich.

Klinikchef Schoener gab plötzlich einen tiefen Seufzer von sich. Die Häupter des Kleinen und Grossen wandten sich wie auf Kommando ihm zu, als hingen sie am selben Faden seiner Hand. Der Herr Professor mochte es ungemein, alle Augen und Ohren auf sich gerichtet zu wissen. Er, die Sonne der Klinik, die angenehm zu wärmen, aber auch schmerzhaft zu verbrennen vermochte.

«Um es klar zu sagen», hob er an, «Professor Piller, das heisst die Ciber-Geiler AG, hat einen sehr gut genährten Fonds für junge Ärzte und unterstützt deren Forschungsarbeiten, namentlich Habilitationen, mit allem Drum und Dran …», er wandte sich zu seinem Freund Viktor, «… sehr grosszügig, wie mir Herr Piller versichert hat.»

Schoener fixierte mit halb zugekniffenen Augen den Habilitanden gleich einem geübten Bogenschützen und drückte treffsicher ab:

«Herr Piller würde die Kosten für Ihren Aufenthalt in Boston an der Universität, zu der wir sehr gute Beziehungen unterhalten, gerne übernehmen, verstehen Sie: alle Kosten, Dano, mit Frau und den Kindern – toute la boutique, wie man so schön sagt. – Was meinen Sie dazu, Dano?»

Vom Pfeil getroffen schwieg Dano wie gelähmt.

Der Ordinarius spürte die kochende Magma im Kopf seines wissenschaftlichen Ziehsohnes fast körperlich. Da er dem Eisen die endgültige Form verpassen wollte, solange es noch glühte, liess er ein paar zusätzliche gezielte Hammerschläge folgen:

«Ich lasse Sie freilich sehr ungern ziehen, Dano, Sie wissen das. Aber wenn es der Forschung, der Lehre und den Patienten dient, nehme ich Ihre Abwesenheit in Kauf. Sie kommen ja wieder. Ihre Habilitation schreiben Sie drüben – eine Handvoll Papers, wie das heute so üblich ist. Diese legen wir in den Ofen und fertig ist der Braten – also Ihre Habil. Der Rest ist nur noch Formsache. Wenn Sie mit Ihrer Familie zurückkommen, sind Sie Privatdozent und werden augenblicklich mein Stellvertreter und zum ausserordentlichen Professor befördert!»

Bub war nicht mehr fähig, verbal zu antworten. Er tat dies mit den Augen.

Viktor Piller stand daneben. Auch er hatte Bubs stumme Antwort verstanden und reichte ihm wortlos die Hand, als wollte er gratulieren. Schoener tat dasselbe. Bub stand auf, verneigte sich leicht, verabschiedete sich und verliess das Büro.

Die beiden Freunde schauten sich zufrieden an, wissend, dass ihnen eben ein bühnenreifer Auftritt gelungen war. Die Standing Ovation entnahmen sie Dano Bubs Stillschweigen, seinem überraschten Gesicht und der devoten Haltung bei dessen Abgang.

Als sich Professor Schoener und Dr. Bub am nächsten Tag bei der Patientenvisite auf der Bettenstation der Klinik gegenüberstanden, sagte keiner ein Wort zum Gespräch des Vortages. Der Chef war froh, dass Bub schwieg. Es hatte zu viele Lauscher: Ärzte und Schwestern, Assistenten und Pfleger, die bei privaten Gesprächen ihre Ohren spitzten wie Jagdhunde auf der Pirsch. Doch als auch am übernächsten Tag kein Ja von Dr. Bub kam, war Schoener sichtlich enttäuscht, mehr noch verärgert. Zweifel stiegen in ihm auf. Er verstand seinen Oberarzt nicht. Jetzt wird diesem Kerl die Welt zu Füssen gelegt, eine einmalige Chance gegeben, die tausend andere mit Handkuss und unendlicher Dankbarkeit unbesonnen annehmen würden, und dieser Turm von Mensch ziert sich und schweigt, dachte er. Aber Schoener musste ein offizielles Ja haben, sonst ginge Pillers und damit auch seine Rechnung nicht auf. Viktor hatte morgens und mittags bereits aus Basel angerufen und sich erkundigt. Beim letzten Anruf meinte er mit säuerlichem Unterton:

«Arno, ein Ja muss her, du weisst: pacta sunt servanda[11].»

Keine kryptischen Worte für Arno Schoener, er hatte sie sehr wohl verstanden.

«In aller Freundschaft, versteht sich», hängte Viktor besänftigend an.

Am dritten Tag, gegen Abend, hiess Professor Schoener den Oberarzt in sein Büro, grüsste ihn aber beim Eintreten

---

11 (lat.) Abmachungen oder Verträge sind einzuhalten.

nicht mehr so väterlich wie auch schon und schaute nicht einmal vom Schreibtisch auf. Kaum stand Dr. Bub vor dem Schreibtisch des Chefs schrillte das Telefon. Der Professor nahm genervt ab:

«Ja, Schoener! … Bitte jetzt nicht! … Aha … also verbinden Sie.»

Er legte die Hand auf die Sprechmuschel:

«Einen kleinen Moment, Herr Bub.»

Der Oberarzt stellte sich an, das Büro zu verlassen, damit der Chef ungestört telefonieren konnte.

«Bleiben Sie nur – ich will Sie nachher nicht nochmals überall suchen müssen!», und wandte sich wieder dem Anrufer zu.

«Sie möchten die Diagnose erfahren? Tja, die Untersuchung läuft noch.»

Erneut legte der Professor die Hand auf die Sprechmuschel, aber nun mit gespreizten Fingern, damit man am andern Drahtende mithören konnte, wer im Büro war. Schoener mit deutlicher Stimme und wesentlich lauter, als es notwendig gewesen wäre:

«Herr Bub, setzen Sie sich doch bitte in den Fauteuil!»

Jetzt wieder zum Anrufer. Dazu nahm Schoener die Hand demonstrativ von der Sprechmuschel weg:

«Sind Sie noch da? In einer Stunde weiss ich vielleicht mehr. Zu Ihrer Beruhigung, soweit ich es bis jetzt beurteilen kann, sieht es recht gut aus. Kein Verdacht auf ein Malignom. – Ich rufe Sie später zurück!»

Er legte auf.

Dr. Bub ahnte nicht, dass am andern Drahtende Professor Piller wie auf glühenden Kohlen sass und auf seine Zusage wartete.

«Nun zu Ihnen, Dano. Sie sollten sich möglichst bald entscheiden, sonst geht der Kelch an Ihnen vorüber, und ein Kollege von Zürich profitiert. Da ich seit zig Jahren mit Professor Piller eng befreundet bin, gibt er uns, das heisst Ihnen den Vorrang. Sie haben die Möglichkeit, an einer der berühmtesten Kliniken unseres Fachs eine Studie zu machen, die seinesgleichen sucht, eben die wissenschaftliche Untersuchung über die breite Wirkungsweise von *Haraform-Plus* bei der Diarrhö-Therapie. Ich sage nur: Medikament der Zukunft! Wunderwaffe! In fünf Jahren gibt es in dieser Indikation nur noch *Haraform-Plus*! Sie könnten dann sagen: ‹Ich war dabei›!»

Der Chef lachte. Dr. Dano Bub lachte mit.

«*Haraform-Plus* gibt so viel her», fuhr der Professor fort, «dass Sie drüben Ihre Papers schnell haben, mir vorlegen und dann sofort veröffentlichen können, in den USA wie hier in Europa. Bei einigen dürfen Sie, wenn Sie wollen, mich noch als Co-Autor hinter Ihren Namen setzen. Das macht sich sehr gut für Sie. Als zweiten Co-Autor allenfalls auch Professor Piller. Die Publikationen mit Ihnen als Alleinverfasser legen wir zusammen und reichen sie wie gesagt als Ihre Habil ein.»

Dr. Bubs Lippen bebten leicht, als wollten Sie endlich das Ja formen. Endlich!, dachte der Chef und kratzte sich am Kopf, hustete gekünstelt und rief:

«Ich sehe die Schlagzeile schon vor mir: *Haraform-Plus – das Mittel der Wahl bei Durchfall jeder Art!* Ist das nicht der Knüller?»

Der Chef strahlte. Der Oberarzt strahlte. Dano Bub trat bedächtig an den Schreibtisch des Chefs heran:

«Entschuldigen Sie, Herr Professor, aber meine Frau wankte noch. Ich selbst hatte mich sofort für Boston entschieden.

Sie hat nun heute Mittag ihren Segen dazu endlich auch gegeben. Sie wissen ja, sie ist schwanger.»

Schoener, der perfekte Schauspieler, der nur auf dieses «Ja» gewartet hatte, tat, als hätte er es überhört. Als wäre er mit seinen Gedanken längst woanders, in eine wichtige, gescheite Studie versunken und hörte gar nichts. Schaute aber plötzlich doch vom Schreibtisch auf, als hätte erst jetzt bemerkt, dass sein Oberarzt noch vor seinem Schreibtisch stand, und meinte scheinheilig:

«Äh, haben Sie noch etwas, Dano?»

Er formte mit der einen Hand am Ohr augenfällig eine Muschel.

«Ja, Herr Professor! Ich habe Ja gesagt zu Amerika und möchte Ihnen auch im Namen meiner Frau und unseres Sohnes von Herzen danken. Ich weiss gar nicht, wie ich Ihnen das je vergelten kann.»

Schoener lächelte gütig:

«Ist schon recht, Dano. Aber enttäuschen Sie mich nicht!»

Dr. Bub schwebte in seinem weissen flatternden Arztkittel einem Riesenengel gleich lautlos durch die Tür des Chefbüros hinaus in den Gang. Die Tür war kaum zu, da hatte Arno bereits seinen Freund Viktor am Telefon.

D r. Dano Bub war bereits seit zwei Jahren in den USA, forschte und schrieb wie geheissen seine Papers über *Haraform-Plus*. Bevor diese gedruckt wurden, flogen sie kurz beim Lektor, das heisst bei Professor Schoener in Bern vorbei. Dann erschienen sie in bedeutenden Fachzeitschriften Amerikas, Europas und Japans. Die Professoren Schoener und Piller und in deren Windschatten nun auch Dr. Bub bauten die hinaufstilisierte Bedeutung von *Haraform-Plus* noch aus mit der Gründung einer weltumfassenden Arbeitsgemeinschaft unter dem Namen Internationales Team für *Intestinologie*, kurz: ITI – ein elitäres Team zur weltweiten Forschung, Promotion und Verbreitung von *Haraform-Plus*. Wer auf dem Gebiet der Magen-Darm-Erkrankungen einen Namen hatte und ein exklusives Interesse an *Haraform-Plus* bekundete, konnte um Mitgliedschaft in jenem hehren Gremium ersuchen. Sponsorin war die Ciber-Geiler AG in Basel.

Durchfälle gab es überall und zu allen Zeiten auf der ganzen Welt und wird es auch in Zukunft geben. Aber kein anderes Medikament wurde für die Behandlung aller Arten von Durchfällen so vorangetrieben und empfohlen wie *Haraform-Plus*. Millionen und aber Millionen kauften und schluckten es. Noch steiler zeigte die Absatzkurve nach oben, als es sogar rezeptfrei zu erstehen war. Ein Renner, ein Bestseller. Die positiven Resultate in der Behandlung von Diarrhö, wie sie das Schweizer Forschertrio Bub, Schoener, Piller und in deren Dunstkreis bald auch andere befreundete

Kliniken Berns publizierten, machten das Medikament zum Wundermittel, genau wie Schoener prophezeit hatte. Endlich hatten auch einfache Leute für wenig Geld eine Waffe in den Händen, um gegen den Durchfall anzukämpfen, von den abgelegensten Dörfern in den Bergen bis hinunter zum Meer, von der Pampa bis an den Nordpol. Der Umsatz sei förmlich explodiert, berichtete Viktor Piller seinem Busenfreund Arno am Telefon. Professor Pillers Investition in Arno und dessen Trabanten Dr. Bub hatten sich mehr als nur gelohnt. Der Steigflug ging aber noch weiter. Die maximale Flughöhe war noch lange nicht erreicht.

Nach dem positiven Echo in der Presse wurden auch gleich ein paar Publikationen von Bub als Habilitationsschrift gebündelt und der medizinischen Fakultät der Universität zur Genehmigung vorgelegt. Auch in dieser Voraussage hatte Schoener recht. Die Erlangung der Venia legendi[12] unter gleichzeitiger Promotion zum Privatdozenten an der Universität war eine reine Formsache. Als charmante Überraschung sandte der Habilitationsvater seinem Günstling gleich eine Schachtel frisch gedruckter Visitenkarten nach Boston. *Privatdozent Dr. med. Dano Bub* stand in fetten Lettern in der Mitte der Karte. Unten in den Ecken standen zwei Adressen: links jene der Universität Bern, rechts jene der Universität Boston. Als der frischgebackene Dozent seine neuen Visitenkarten erstmals in den Händen hielt, füllten sich seine Augen augenblicklich mit Tränen. Die professoralen Pläne waren aufgegangen.

Daneben war in den letzten zwei Jahren auch sonst noch viel reinigendes Wasser die Aare hinuntergeflossen. In dieser Zeit hatte der Herr Professor auch noch die leidige Geschichte

12 Lehrberechtigung

mit seiner Frau Simone bereinigt. Da er seinen Seitensprung auf Anhieb zugab, war die Schuldfrage kein Verhandlungsthema. Der Rest der Geschichte war eine Geldfrage, die er elegant und ohne Wenn und Aber in Ordnung brachte. Er hatte die erklärte Absicht, dem Haifischbecken mit den beiden Damen darin – Simone und ihre Anwältin – lebend und ohne Skandal zu entkommen. Noch am Tag der Signierung der Scheidungspapiere wies er seine Bank an, einen grossen Teil des Geldes aus Basel, das längst auf seinem Konto schlummerte, an seine Ex-Frau zu überweisen.

Sofort nach Eingang der Summe, wie juristisch vereinbart, hatte sie das Haus verlassen, ihre Sachen in Adelboden geholt und die Schlüssel der beiden Häuser bei ihrer Anwältin abgegeben, wo sie Arno behändigen konnte. Das Haus in Frankreich durfte sie behalten. Arno war sogar froh, auch diesen Klotz am Bein los zu sein. Alles in allem letztlich eine sehr schnelle, wenn auch ausserordentlich teure Scheidung. Arnos Kommentar gegenüber Fragern:

«Schwamm darüber!»

Simone hielt sich an die Vereinbarung und verliess wenig später Bern. Er sollte sie nie wieder sehen, trauerte ihr auch keine Träne nach. Jetzt war er wieder frei – wenigstens fünf Minuten lang. So viel Zeit brauchte er nämlich, bis er in Milevas Wohnung angekommen war. Zuerst nahm er sie in die Arme. Danach herzte er seinen Sohn Arno-Milevo, der bereits wacker herumtrippelte. Das Glück der kleinen Familie kannte keine Grenzen. Als Viktor Piller und Marcel Junod sogar noch die Patenschaft des kleinen Prinzen annahmen, rückte das Trio der drei alten Freunde wieder näher zusammen wie in früheren Zeiten. So nah, dass sich Marcel Junod sogar bewegen liess, Mitglied des ITI zu werden.

Der durch die Publikationen über *Haraform-Plus* mittlerweile weltberühmt gewordene Privatdozent Dr. med. Dano Bub kehrte mit seiner Familie nach Bern zurück. Wie ihm sein Habilitationsvater schon vor dem Amerikaaufenthalt in Aussicht gestellt hatte, wurde der Privatdozent nicht nur zu seinem Stellvertreter ernannt, sondern sogleich auch zum ausserordentlichen Professor befördert. Zu diesem Anlass lud die Gastroklinik zu einem Vortragsabend ein, Thema: *Altes und Neues zur Therapie akuter Diarrhö.*

Zu den handverlesenen Gästen gehörten, wie bei solchen Vorträgen üblich, befreundete Kollegen aus andern Universitätskliniken und praktizierende Ärzte aus dem Umkreis Berns. Im Anschluss an das Referat sollte noch eine gebührende Feier zur längst erfolgten Ernennung Professor Dr. Arno Schoeners zum Ordinarius stattfinden. Diese habe aus technischen Gründen leider nicht zeitgerecht abgehalten werden können, meldete die Ciber-Geiler AG, und freue sich deshalb umso mehr, dass die Feierstunde trotz mehrjähriger Verspätung zu einem gelungenen Festakt werde und das Präsent dem hochverehrten Gelehrten endlich gebührend übergeben werden könne.

In aller Regel fanden sich bei den monatlichen Vorträgen vierzig bis fünfzig Ärzte und Ärztinnen ein und eine Handvoll Schwestern und Pfleger. Nach dem Referat fand jeweils ein lockerer Umtrunk statt. Manchmal lagen auch feine Häppchen auf, je nach Freizügigkeit und finanziellem Polster des Sponsors. Bei diesem handelte es sich gewöhnlich um irgendein Unternehmen, meistens aus der Pharmaindustrie, aber auch um Lieferanten von Röntgenfilmen, Gummihandschuhen oder andern Verbrauchsmaterialien, wie sie Kliniken und Doktoren eben so benötigen.

Der Spender durfte seine Artikel jeweils vor dem Hörsaal präsentieren.

Doch bei dieser Einladung schien eine echte Überraschung in der Luft zu liegen. Ein «Präsent» sollte trotz grosser Verzögerung endlich übergeben werden können … Man rätselte natürlich, was es sein könnte. Ebenso wichtig war es zu erfahren, wer eingeladen war und ob es auch etwas Richtiges zu essen und zu trinken geben würde. Nicht bloss einen Schluck Weissen in einem Plastikbecher und ein paar gesalzene Erdnüsschen. Ärzte waren schon immer ein besonders neugieriges und hungriges Völkchen.

An diesem Abend fiel auf, dass es sehr viel mehr Leute hatte als sonst. Das muss wohl mit besagtem Text auf der Einladungskarte im Zusammenhang stehen, dachte sich der eine oder andere. Da tauchte für einmal nicht nur die medizinische Prominenz auf. Fast alle Fakultäten der Universität schienen vertreten, sogar Theologen, aber auch bekannte Gesichter aus Politik und Wirtschaft, aus der Gastronomie und dem Bankenwesen. Alles, was Rang und Namen hatte, erschien. Bald war jedem Insider klar, dass die Gästeschar nie und nimmer im Hörsaal der Klinik Platz finden würde. Das wusste freilich auch der Veranstalter. Daher wiesen Pfeile schon beim Eingang in den angebauten Trakt der Klinik. In grosser Erwartung standen die Geladenen plötzlich, wie von Zauberhand geführt, in einem riesigen Foyer. An dessen breitester Wand standen zwei grosse Flügeltüren weit offen wie Stadttore. Dazwischen stand in vergoldeten Lettern: Arno-Schoener-Auditorium. Über dem Schriftzug hing ein fast übergrosses Porträt des berühmten Professors.

Als die Gäste im Auditorium Platz genommen hatten, wurden die unendlich vielen Lichter gleich Sternen am Himmel allmählich gedimmt, und auf der weit ausladenden Leinwand erschienen nochmals das Porträt und der Schriftzug des Foyers. Darunter der kurze Text:

Die Ciber-Geiler AG beehrt sich, Professor Dr. Arno Schoener, dem grossen Arzt und Wissenschaftler, Forscher und Lehrer zum Dank für seine epochalen Errungenschaften in der Bekämpfung von Darmerkrankungen dieses Auditorium als Präsent zu übergeben.

Als wenig später der Geehrte mit seiner jungen Gattin am Arm durch die Flügeltür eintrat, erhob sich das Auditorium spontan und applaudierte in einer Art und Weise, wie sich dies jeder Theaterintendant wünschen würde.

Dr. Marcel Junod und Professor Viktor Piller sassen als Ehrengäste mit der Prominenz zusammen in der vordersten Reihe. Der Applaus wollte kein Ende nehmen und erinnerte Marcel an die Ovationen für Luciano Pavarotti damals in London. Einem Fürsten gleich bedankte sich Professor Schoener mit einem gönnerhaften Lächeln und einer vornehmen Handbewegung: Es sei doch nun genug geklatscht.

Jetzt erhob sich Professor Viktor Piller als Direktor des Pharmariesen Ciber-Geiler AG. Er kündete den Referenten Herrn Professor Dr. Dano Bub an und bat diesen nach vorne zum Vortrag.

Der lange Bub schöpfte die ultramoderne Infrastruktur des neuen Auditoriums gekonnt aus. Die meisten Zuhörer staunten weit mehr über die mit allerlei möglichen und unmöglichen Raffinessen eingesetzten technischen Mittel als über den fachlichen Inhalt der Präsentation. Die Leute drehten ihre Köpfe ständig nach hinten oben zu den Fensterchen des Regieraums, von wo aus auf Kommando des Referenten die bunten Bilder und Filmchen auf der Leinwand herkamen.

Der Pharmakonzern von Basel hatte investiert. Und wie! Jeder Gast, randvoll mit überwältigenden Eindrücken vom neumodischen *Arno-Schoener-Auditorium*, durfte zum Abschied von den hübschen Assistentinnen Direktor Pillers eine vollbepackte Tasche mit den notwendigsten Medikamenten für die Haus- oder Autoapotheke – *Haraform-Plus* inklusive – in Empfang nehmen. Zusätzlich gaben die adretten Damen aus Basel den männlichen Gästen je eine Flasche Champagner sowie roten und weissen Bordeaux aller erster Qualität mit. Den Damen streckten adrette Burschen fein riechende Seifen und Badesalze und eine Schachtel mit auserlesenen *Lindt-Sprüngli*-Pralinen zu.

Zur endgültigen Verabschiedung der noch vollzählig versammelten Gästeschar meinte Viktor Piller mehr als nur gut gelaunt:

«Bern war und ist für höchste Forschungsansprüche schon immer ein gutes Pflaster gewesen. Man denke nur an Professor Theodor Kocher, der 1909 den Nobelpreis für Medizin erhalten hat und …», er schaute gerührt zu den Professoren Schoener und Bub in der vordersten Reihe, «… es würde daher wohl niemanden erstaunen – bitte volles Licht im Auditorium – wenn wieder ein Berner für Medizin den Nobel…»

In diesem Augenblick, als auf Volllicht umgestellt werden sollte, um die hoch Gelobten voll zu beleuchten, kam es zu einem Kurzschluss in der elektrischen Anlage. Tiefste Finsternis. Man vernahm nur noch die aufgeregte Stimme des kleinen Mannes am Rednerpult:

«Bitte Ruhe bewahren, bleiben Sie bitte sitzen, das sind eben die Tücken der modernen Technik. Es wird bald wieder Licht geben, Danke!»

Es gab Herren, die solo erschienen waren und nicht nur den Wein mitnahmen, sondern auch noch die Geschenke der Frauen. Wenn schon, denn schon, wird sich der eine oder andere gedacht haben. Viktor meinte beim Abschied zu Arno und Marcel:

«Ich habe schon befürchtet, ich müsse den halben Plunder wieder nach Basel zurückschleppen lassen. Dabei hätte ich viermal so viel mitnehmen sollen.»

Das Auditorium war begeistert. Bubs Vortag hatte nicht enttäuscht. Schoener klopfte seinem Mond auf die Schulter:

«Gut waren Sie, wie gewohnt!»

Der Vortragsabend und all die Publikationen blieben für Professor Dano Bub nicht ohne Folgen. Einladung über Einladung landete auf seinem Schreibtisch für Vorträge der verschiedensten regionalen und kantonalen Ärztegesellschaften, ja sogar von Laien-, Samariter- und Müttervereinen und den Pfadfindern sowie von Radiostationen und Fernsehgesellschaften. Er war künftig für stolze Referentenhonorare auch weit mehr an Kongressen als in der Klinik, wo immerhin noch sein Lohn weiterfloss, als wäre er zu hundert Prozent dort.

Es war in dieser Zeit plötzlich ganz normal geworden, dass Universitätsdozenten oder Assistenten Vorträge hielten und gleichzeitig für dieses oder jenes Produkt Werbung machten, was zuvor noch absolut unerwünscht, ja geächtet war. Werbung für ein Produkt oder für sich selbst zu machen, war dem Stand des Arztes unwürdig; es war unethisch und unehrenhaft zugleich. Marcel studierte als alter Hase jeweils auch die Inserate zu Bubs Vorträgen und dachte wehmütig an seine eigene Zeit als Oberarzt zurück. Vorträge, mit Ausnahme an der Universität selbst oder an Fachtagungen, waren nicht nur verpönt, sondern wurden streng geahndet. So schnell konnte sich etwas ändern, wenn es ums Geld ging.

Seit Dr. Bub die Professur hatte, besass er auch ein eigenes Büro in der Klinik gleich neben jenem des Chefs. Nicht ganz so geräumig zwar, aber immerhin auf dessen Augenhöhe. Zunehmend referierten die beiden gemeinsam an Kongressen im In- und Ausland.

Ab und zu rief Viktor seinen alten Freund Arno in der Klinik in Bern an, um ihm und seinem Oberarzt Bub zu diesem oder jenem Vortrag zu gratulieren. Dann und wann staunte Arno schon, dass Viktor, inzwischen Generaldirektor, noch über solche Kleinigkeiten wie Vorträge informiert war. Einmal fragte er Viktor, wie er das mache bei seinem zeitintensiven Job. Dieser lachte nur und sagte:

«Das ist absolut keine Kunst, mein Lieber, ganz einfach. Wenn ich nämlich die Meldung bekomme, dass in Zürich oder Sion, Berlin oder Malmö, Bogota oder Colombo von einem Tag auf den andern die Bestellungen für *Haraform-Plus* durch die Decke gehen, weiss ich, dass Du oder Bub, oder ihr beide zusammen dort einen Auftritt hattet. Ich gratuliere dir, Arno! Einfach super!»

Auch in finanziellen Angelegenheiten verlangte der Generaldirektor von Leuten des obersten Kaders der Firma, stets auf dem Laufenden gehalten zu werden. Die Umsatzverläufe bedeuteten ihm, was dem Kliniker die Fieberkurven. Sie verrieten gesundheitliche Fortschritte, aber auch heraufziehende Probleme. Sofort konnte er in Basel entsprechend reagieren. Nicht nur ein Mensch kann erkranken, auch eine Firma. Daher müsse der Boss stets auf der Hut sein und nötigenfalls die Reissleine ziehen und eine heilende Therapie einleiten, erklärte er Marcel und Arno einmal während eines Diners.

Arno wollte sich eben am Telefon von Viktor verabschieden, da kam ihm noch rechtzeitig in den Sinn:

«Halt Vik, noch etwas: Mileva lässt dir noch ganz lieb danken für die grosszügige Einlage auf das Sparbüchlein unseres Bübchens zu seinem Geburtstag. Dein Patenkind rennt schon tüchtig herum und reisst alles herunter.»

Kurz vor Weihnachten, die Töpfe der Heilsarmee waren bereits tüchtig am Kochen, spazierte Marcel nachdenklich die Stadt hinauf in Richtung Gastroklinik zum Abendvortrag von Dr. Bub über *Die Dosierung von Haraform-Plus bei Kleinkindern*. Marcel wollte über sein Problem schon lange mit Arno selbst sprechen. Er hatte nämlich auch beim neuen *Haraform-Plus* Nebenwirkungen beobachtet. Aber an seinen Donnerstagnachmittagen in der Klinik klebte dieser Bub stets an dessen Chef wie eine Klette, sodass sich einfach keine Gelegenheit für ein privates Gespräch ergab. Und den Langen mochte er nicht fragen. Seit er Professor war, trug dieser den Kopf noch um eine Etage höher oben, als eh schon. Aber heute nach dem Vortrag musste er Arno unbedingt auf sein Problem ansprechen und um Rat fragen.

Nach dem Vortrag liessen sich der erfolgreiche Referent und sein Lehrer beim Abschied von der Kollegenschaft noch ausgiebig bestaunen. Mit zufriedenen Gesichtern schickten sich die Zuhörer endlich doch noch an, das Foyer des *Arno-Schoener-Auditoriums* zu verlassen, das allerdings kaum zu einem Fünftel besetzt war. Man hatte mit bedeutend mehr Leuten gerechnet. Aber so kurz vor Weihnachten mochten sich die Doktoren nicht mehr unbedingt Vorträge über Durchfall bei Kleinkindern anhören. Zudem brachte Bub schon lange nichts Neues mehr, ausser viel

Werbung. Dennoch, die wenigen Halbgötter in Weiss gingen zufrieden und mit satten Bäuchen von dannen – wie üblich vollbepackt mit Geschenken der Ciber-Geiler AG. Diesmal gab es neben Medikamenten auch einen Weihnachtswein.

Auch der Generaldirektor war extra aus Basel angereist. Als er hektisch an Professor Bub vorüberging, drehte er sich diesem rasch zu, als wollte er sich für den Schubs im Vorübereilen entschuldigen. Marcel Junod hatte die Szene unauffällig beobachtet. Da war nichts von Schubs und noch weniger von Entschuldigung. Viktor hatte dem Referenten sehr diskret und mit der Fingerfertigkeit eines Zauberers ein Kuvert in die Hand gedrückt, das Dano Bub ebenso unauffällig und ebenso behänd in der Tasche seines Kittels verschwinden liess. Das sah sehr nach Routine aus.

«Ja, was hätte Dano Bub mit ein paar Flaschen Weihnachtswein im Flugzeug schon anfangen sollen? Von hier gehts für ihn geradewegs nach Boston», erklärte Viktor wenig später seinem erstaunten Freund Marcel und ergänzte:

«Eine Vortragsreihe in den USA. Arno fliegt übermorgen nach und ich in der Woche darauf.»

Marcel hörte nur mit einem Ohr zu, nickte und suchte mit zugekniffenen Augen eifrig nach Arno. Wo er auch hinsah: kein Professor Schoener. Nur gut gelaunte begeisterte *Haraform-Plus*-Kollegen. Er schien der Einzige aus der weissen Zunft zu sein, der auch vom modifizierten Medikament nicht entzückt war. Das Foyer hatte sich in der Zwischenzeit bis auf ein paar wenige Langweiler geleert. Da kam Arno endlich strahlend auf seine beiden alten Studienfreunde zu, lachend wie früher, wenn er mit grosser Verspätung endlich im *Falken* erschien. Marcel Junod, mittlerweile ein sehr gefragter und erfahrener Internist im Zentrum von Bern, streckte seinem Freund die Hand zum Gruss entgegen:

«Arno, auf ein kleines Wort, ganz ungezwungen.»

Arno schaute seinen alten Kumpel verdutzt an.

«Was soll denn das, lieber Marcel? Für dich mein altes Haus und geliebten Paten habe ich doch immer Zeit. Wo drückt denn der Schuh? Brauchst du Geld?»

Viktor und Arno brachen gleichzeitig in lautes Gekreische aus, wussten sie doch, dass Marcel finanziell gut gepolstert war. Nur er lachte nicht.

Viktor stellte sich voller Neugier neben Marcel.

«Stört es, wenn ich dabei bin?»

Marcel nahm den einen rechts, den andern links an der Schulter und stiess sie sanft voran.

«Gehen wir dort hinüber.»

Er wies mit dem Kopf in die andere Ecke des Foyers.

«Dort hat es Stühle und ein Tischchen. Beim Sitzen lässt es sich besser quatschen – fast wie früher im *Falken*», ergänzte er grinsend.

Marcel nahm Platz und schaute Arno forsch in die Augen, dann Viktor, als wollte er beide auf die Ernsthaftigkeit seines Anliegens einstimmen.

«Also und gerade heraus, liebe Freunde und unter uns. Ich habe erneut grosse Probleme, leider, auch mit dem neuen, verbesserten *Haraform*, der Plus-Variante, die angeblich keine Nebenwirkungen haben soll.»

Als hätte gleichzeitig ein Blitz in beide Freunde geschlagen, erstarrten ihre Gesichtszüge von einer Sekunde zur andern. Ihre Augen blitzten Marcel an. Ihre Gehirne schienen mit einem Mal synchron zu reagieren. Arno drehte sich provokant zu Marcel. Sein kurz vorher noch scherzhaft-süffisantes

Grinsen war weg, die Miene zur Fratze versteift. Viktor sass sprachlos daneben, ausdruckslos, leblos.

Unbeirrt fuhr Marcel fort:

«Ich kann die tollen Resultate Bubs mit *Haraform-Plus* leider überhaupt nicht bestätigen. Ganz und gar nicht!»

Marcel machte einen tiefen Seufzer. Ihm war ganz übel bei der Sache. Seine Freunde schienen es zwar zu spüren, reagierten aber nach aussen hin nicht. Sie durchbohrten ihn mit ihren Blicken. Marcel sprach zunehmend leiser, gefährlich leise:

«Ich gebe ja gerne zu, bisher keine grossen Einsätze mit dem Medikament gehabt zu haben. Bei drei Kindern mit eher leichtem Durchfall sind zwar Besserungen eingetreten. Aber bei zwei Erwachsenen kam es nach der Einnahme von *Haraform-Plus* zu objektivierbaren Nebenwirkungen, die erst nach dem Absetzen des Mittels zurückgegangen sind. Die Frau, mit Ausnahme der Diarrhö gesund, kam am dritten Tag in die Praxis und beschrieb mir ein unangenehmes und recht seltsames Kribbeln in den Waden und an den Füssen. Als Folge davon hatte sie massive Gehschwierigkeiten.»

Marcel legte eine Pause ein, um zu sehen, wie seine Freunde reagierten. Doch die beiden waren noch eine Spur blasser als zuvor; ihre Lippen hatten sich in Striche verwandelt.

«Ein Mann kam nach mehrmaliger Einnahme des Medikaments mit dem Tram in die Sprechstunde; er traute sich nicht, das Auto zu nehmen, weil er alles doppelt sah. Die Nebenwirkungen sind zwar nach dem Absetzen des Medikaments verschwunden. Aber Freunde, diese Nebenwirkungen sind für mich besorgniserregend! Fünf Behandlungen, zwei davon mit Problemen. Was sagt ihr dazu?»

Arno erhob sich energisch. In dessen Windschatten gleichzeitig Viktor.

«Ich muss mal schnell», gab Schoener von sich und ging davon. Viktor folgte dem Rotschopf mit schnellen, kurzen Schritten.

«Behalt das besser für dich!», rief Arno salopp über die Schulter hinweg Marcel zu. «Wir treffen uns morgen. Ich rufe dich an!»

Beide verschwanden und zeigten sich nicht mehr an diesem Tag, als hätten sie sich in der Toilette runtergespült.

Freund Arno rief nicht an, genauso wenig wie Viktor. Auch am übernächsten Tag nicht. An den kommenden Donnerstagnachmittagen fiel Marcels Tätigkeit an der Gastroklinik aus, «wegen Umstrukturierungen», wie ihm die Sekretärin im Auftrag des Chefs telefonisch mitzuteilen hatte. Wäre Arno etwas couragierter gewesen, hätte er seinem alten Freund noch am Vortragsabend ins Gesicht hinaus sagen können:

«Du hast in meiner Klinik nichts mehr zu suchen!»

Der weltweite Verkauf von *Haraform-Plus* generierte Umsatzzahlen wie kein anderes Medikament der Ciber-Geiler AG zuvor. Die geschluckten Mengen an Tabletten nahmen exorbitante Volumen an. Das Mittel gehörte jetzt nicht mehr nur in jede Arztpraxis, sondern ebenso sehr in jedes Haus, in alle Schulen und Fabriken.

Dr. Marcel Junod wusste einerseits, dass der wahre Sachverhalt über *Haraform-Plus* seine Freunde unter Umständen in grosse Schwierigkeiten bringen könnte und ihm einen erbitterten Krieg, sollte er die Wirkung des Medikaments falsch interpretiert haben. Anderseits wusste er auch, dass solche Nebenwirkungen keinesfalls verschwiegen werden durften.

Freundschaft hin oder her. Er musste handeln: zugunsten der Patienten, gegen das Medikament und damit auch gegen seine Freunde. Natürlich fragte er sich, ob die beiden Befunde, die Gehschwierigkeiten und die Doppelbilder, reine Zufälligkeiten waren. Um das sachlich und unbeeinflusst frei von Vorurteilen herauszufinden, setzte er sich mit andern Ärzten in Verbindung. Was machten sie für Erfahrungen? Was dachten sie über das allseits gelobte Medikament von Kollege zu Kollege ohne Lauscher?

Bei *Haraform-Plus* ging es nicht um seine Person oder Ansicht, sondern um das Wohl von kranken Menschen. Er hatte als junger Arzt den hippokratischen Eid abgelegt, der verbindlich verlangt, den Patienten nach bestem Wissen und Gewissen zu helfen und nicht zu schaden: Primum nihil nocere[13]. Von dieser Maxime durfte, konnte und wollte er nicht abweichen. Sonst war er als Arzt am falschen Platz.

Er sprach drei Kollegen auf ihre Erfahrungen mit *Haraform-Plus* an. Der erste, mit dem er sich gelegentlich im Notfalldienst teilte, wusste nur Gutes über das Medikament zu berichten. Der Nächste, ein Kinderarzt, sein Jassfreund, hatte es ebenso mit Erfolg angewendet. Der Doppelpartner im Tennis, ein Chirurg, hatte auch keine Probleme damit. Alles klar, dann musste der Fehler logischerweise bei ihm selbst liegen. Deshalb antworteten seine beiden Freunde an jenem Abend im Foyer möglicherweise nicht; sie schwiegen der alten Freundschaft zuliebe und meldeten sich auch später nicht, weil sie ihn nicht desavouieren wollten. Er solle sich zuerst etwas beruhigen, dachten sie wohl. Normalerweise brauchte Marcel dazu ein paar Tage, manchmal sogar Wochen. Je älter er wurde, desto länger.

Marcel studierte den Beipackzettel von *Haraform-Plus* zum x-ten Mal; er kannte ihn längst auswendig. Ich habe es doch genauso indiziert und dosiert, wie es beschrieben ist, marterte er sich gedanklich. Aber wo steht das mit dem Kribbeln in den Füssen? Das mit den Geh- und Sehstörungen? Wo die Warnung, das Medikament abzusetzen, sobald sich eine toxische Wirkung zeigen sollte? Beim Absetzen verschwinden die Symptome, folglich sind es doch eindeutig Nebenwirkungen. Aber davon stand nirgends etwas. Könnte es sein, dass die befragten Kollegen die Probleme zwar kennen, aber nicht zugeben, aus Beschämung, aus Befangenheit? Oder weil Piller, Schoener und Bub inzwischen weltbekannte Mediziner waren und zuoberst im medizinischen Olymp thronten, schlicht unfehlbar?

---

13 (lat.) Vor allem nicht schaden

In Gedanken liess Marcel die drei telefonisch kontaktierten Berufsgenossen vor seinem geistigen Auge Revue passieren. Es waren Kommilitonen; sie hatten zusammen studiert, ergo auch mit Viktor Piller und Arno Schoener. Man kannte sich seit Langem, wenn auch nicht innig. Der Erste im Bunde war Otorhinolaryngologe[14]. Er hatte sich auf Tinnitus-Patienten spezialisiert. Wegen eines Durchfalls geht doch kein Mensch zum Ohrenarzt, wurde Marcel klar. Der Zweite, der Pädiater[15], rauchte wie ein Kamin, zwei Päckchen pro Tag. Hustete sich nach jedem Zug fast die Lungen aus dem Brustkorb. Drohte jedes Mal an einem Asthmaanfall zu ersticken, ohne Einsicht, dass er besser mit der Pafferei aufhören würde. Das Gekodder und Gebell mitsamt der chronischen Bronchitis habe er schon als Schüler gehabt war seine Standardentschuldigung. Das war doch nicht die Argumentation eines Arztes, ergo auch nicht der Richtige für eine Stellungnahme zu *Haraform-Plus*. Der dritte Kollege war Chirurg. Als solcher hat er kaum Durchfälle zu kurieren, höchstens aus Angst.

Nach dem letzten Anruf naschte Marcel verärgert und frustriert eine ganze Schüssel Trauben aus dem Kühlschrank, eiskalt und klebrig, die Manuela eigentlich zu Saft hatte pressen wollen. Bald schon wurde ihm von der Menge übel. Gedankenlos hatte er sie nicht einmal gewaschen: Trauben von einer offenen Marktauslage. Dummer Esel!, schalt er sich. Wie oft hatte er seinen magenempfindlichen Patienten geraten:

«Wash it, peel it, cook it – or leave it!»

Und er selbst?

---

14 Hals-Nasen-Ohren-Spezialist
15 Kinderarzt

In der Nacht kam die Quittung. Er verbrachte Stunden auf dem Klo. Frühmorgens folgten Magenkrämpfe; er musste sich übergeben. Was heisst schon übergeben? Er kotzte so laut, dass das ganze Haus erwachte.

«So, jetzt will ich es wissen», murmelte er und warf Haraform-Plus-Tabletten ein. Später, in der morgendlichen Sprechstunde, schlich und kroch er ziellos in den Praxisräumen herum wie die Amöben in seinen Gedärmen.

Am Abend legte er weitere Tabletten nach. Vier Tage lang, genau die empfohlene Dosierung für Erwachsene. Von Besserung keine Spur. Er wurde schwach und schwächer, erhöhte die Dosis gemäss den Richtlinien im Beipackzettel für schwere Fälle. Er kam sich vor wie sein berühmter Namensvetter Marcel Curie mit den radioaktiven Substanzen. Mit dem Unterschied, dass jener damals von der Gefährlichkeit der radioaktiven Nebenwirkungen nichts wusste.

Am Morgen des fünften Tages, als er wie gerädert aufstand, hatte er sichtlich Mühe beim Gehen. Da war nichts von Sprechstunde abhalten. Manuela musste ihn stützen. Die Haut an den Waden fühlte sich an wie oberflächenanästhesiert, wattig und fremdartig, als gehörte sie gar nicht zu seinen Beinen. Zunehmend schlich nun auch eine Gefühlslosigkeit in die Wadenmuskulatur und ein Kribbeln in die Füsse. Er hatte keine Kraft mehr, die Füsse voreinander zu setzen. Der Wasserhahn im Lavabo der Toilette verschwand immer wieder aus seinem Blickfeld, glitt weg, wenn er die Hände unter dem Wasserstrahl waschen wollte – exakt die Nebenwirkungen, über welche die Frau und der Mann unabhängig voneinander in der Sprechstunde geklagt hatten. Also hatte er recht gehabt. Da waren weder Zufälligkeiten noch Sinnestäuschungen im Spiel. Er war nun restlos überzeugt, unmöglich der Einzige zu sein, der diese Phänomene beobachtete. Mehr noch: Er hatte sie selbst am eigenen Körper erlebt. Entsetzt fragte er sich, ob es wirklich möglich wäre, dass seine Freunde solche Risiken billigend in Kauf nahmen.

Noch am Frühstückstisch diktierte er Manuela – selbst schreiben ging nicht mehr – den Verlauf seiner eigenen Krankengeschichte im Detail: Dosierungen und Einnahmedauer von *Haraform-Plus*, erstes Auftreten der Nebenwirkungen und den exakten klinischen Verlauf. Die Symptomatik sowie die Dauer der ganzen Misere deckten sich mit den Beobachtungen bei seinen Patienten. Folglich leitete er bei sich selbst dieselbe Therapie ein: *Tetracyclin*-Antibiose. Die Nebenwirkungen verschwanden, die Diarrhö kam zum Stillstand. «Was zu beweisen war», sagte er zu sich und wetterte – inzwischen wieder zu Kräften gekommen – über seine Busenfreunde. Bei einem derartig verhängnisvollen iatrogenen[16] Vergehen musste seinen Kollegen der Leitsatz «Vor allem nicht schaden» nur noch einen Dreck wert sein.

«Sollten die gravierenden Nebenwirkungen bekannt werden, und sie werden bekannt, das ist bloss eine Frage der Zeit, werden Schoeners Worte nur noch warme Luft und Bubs Habilitation Makulatur sein», sagte er zu Manuela. «Nicht zu reden von der wissenschaftlichen Bedeutung der drei involvierten Professoren. Ihre Integrität und Reputation wären dann zu Recht nur noch Müll!»

«Und was passiert mit dem Pharmagiganten in Basel?», fragt ihn Manuela.

«Das gibt einen Super-GAU für die Ciber-Geiler AG und ein Fressen für die Presse. Aber ein wirkliches Drama

---

16 Durch ärztliche Einwirkung entstanden.

erleben die unzähligen *Haraform-Plus*-Konsumenten auf der ganzen Welt!»

Was sollte er tun? Als Arzt gab es für ihn nur einen Weg: an die Waffen! Heroische Schlachtrufe erwachten in seinem Herzen, Laute, die ihm fremd waren und vor denen er sogar erschrak. Aber es war seine Pflicht als Freund, die zwei Protagonisten aufzusuchen und mit ihnen zu reden. Noch einmal, noch oft, wenn es sein musste. Retten, was noch zu retten war.

Und Bub? Der Lange interessierte ihn nicht. Zu ihm hatte er keine Nähe gesucht, ihm auch nie das Du angeboten. Dano Bub war zu sehr auf seine Karriere erpicht. Bereit, dafür selbst dem Teufel die Seele zu verkaufen. So einem kann nicht geholfen werden.

Marcel fand in dieser Nacht keinen Schlaf, als träfe ihn selbst Schuld an der Katastrophe. Schwiege er weiterhin, würde ihn sein Wissen zum Komplizen, damit mitschuldig und zum Kriminellen machen.

Wozu unterschlagen medizinische Koryphäen unerwünschte und schädliche Nebenwirkungen? Fakten, die andere Ärzte an Kliniken und in Praxen über kurz oder lang selbst feststellen und dann mit einem Paukenschlag bekannt machen? Er kannte Arno und Viktor seit mehr als dreissig Jahren und hätte nie feststellen müssen, dass der eine oder andere gelogen oder etwas Unrechtes getan hätte. Vielleicht etwas flunkern beim Jassen. Aber die Wahrheit unterschlagen? Wozu? Marcel hatte keine Ahnung von Viktors Deal mit Arno. Er wäre in seiner Vertrauensseligkeit auch nie darauf gekommen. Selbst wenn ihm jemand einen entsprechenden Tipp gegeben hätte, wäre es für ihn unvorstellbar gewesen. Seine Freunde, derart auf Abwegen? Marcel beschlich ein ungutes Gefühl.

Eines Morgens erwachte er aus einem düsteren Traum: Er sollte auf einem weiten Feld Minen wegräumen. Da hielt ihn ein Engel in der Gestalt von Manuela am Ärmel zurück und flehte:

«Geh nicht, du wirst sonst getötet. Du weisst, wo die Minen liegen. Lass sie! Geh ihnen aus dem Weg!»

Marcel erzählte die Geschichte seiner Frau.

«Dein Traum hat sicher eine Bedeutung», sagte sie. «Er kommt aus der Tiefe deiner Seele. Höre auf ihn! Das Böse liegt im Blut des Menschen, leider auch in demjenigen deiner Freunde. Dagegen bist du machtlos.»

Nach drei Espresso schloss er Manu in die Arme, herzte sie und fuhr in die Praxis. Auf der Fahrt in die Innenstadt dachte er an die endlosen Gespräche mit seinen Freunden im *Falken* über das Gute und Böse im Menschen. Wie oft hatten sie darüber philosophiert, manchmal sogar gestritten? Aber philosophische Gefechte sind das eine, Tatsachen das andere. Niemals waren sie in belegbaren Fakten so weit auseinandergedriftet wie jetzt.

Marcels Gedanken an diesem Morgen konzentrierten sich auf den Traum: Wie um alles in der Welt kam er ausgerechnet auf ein Minenfeld? Er hatte noch nie eine Mine in den Händen gehabt, wusste kaum recht, wie eine in natura aussah. Könnte der Anstoss dafür ein Zeitungsbericht gewesen sein? Er hatte gelesen, dass zwei ausgebildete Minenräumer bei der Ausübung ihrer gefährlichen Arbeit getötet wurden. «Ein Risiko, das diese Spezialisten wissend in Kauf nahmen», stand als erklärendes Statement des Kommandos am Ende des Beitrags. Auch ein Schweizer Arzt sei zu Tode gekommen, hiess es weiter. Er habe sich freiwillig gemeldet, sei vollkommen unerfahren und nicht entsprechend ausgebildet gewesen.

Habe sich einfach nicht davon abbringen lassen. Er könne schliesslich mit seinem Leben machen, was er wolle. Marcel hatte sich über diesen unvernünftigen Kollegen geärgert.

Offenbar hatte sich die tragische Geschichte ungeahnt tief in sein Unterbewusstsein gebohrt und das Gehirn nicht mehr in Ruhe gelassen. Ein Fingerzeig? Marcel deutete den Traum dahin gehend, dass er Arno vor den wahnwitzigen Nebenwirkungen von *Haraform-Plus* warnen sollte; er könnte im übertragenen Sinn sonst auch in die Luft fliegen, das heisst seine Professur mitsamt Klinik und als Arzt die Approbation verlieren. Viktor dagegen würde es als Pharmadirektor kaum direkt betreffen. Und wenn, könnte er sich wohl mit Erfolg rechtfertigen, die Medikamente nur geliefert, selbst ja nicht verabreicht zu haben. In Sachen Wirkung und Nebenwirkungen müsse er sich als Hersteller und Lieferant voll und ganz auf das Echo aus der behandelnden Ärzteschaft verlassen können.

Marcels Entschluss stand fest: Er wollte seinen Freunden ein letztes Mal darlegen, dass nicht nur seine Patienten, sondern auch er selbst die Beweise für die Schädlichkeit des Wirkstoffs *Clioquinol* im *Haraform-Plus* erbringen könne. In seiner Praxis durchstöberte er noch einmal einen Berg Fachzeitschriften nach dem Wirkstoff *Clioquinol* und stiess dabei nur auf Publikationen von Professor Arno Schoener und Dano Bub oder auf Autoren aus deren Dunstkreis. In diesen Papers stand mehr oder weniger stets dasselbe wie in den Urfassungen: Alles nur abgeschrieben! Marcel griff sich beim Lesen der Plagiate immer wieder entsetzt an den Kopf. Erich Kästner hätte es nicht treffender sagen können:

«Wissenschaft ist und bleibt, was einer ab dem andern schreibt.»

Warum publizierten immer nur die beiden Berner und deren Satelliten über dieses *Haraform-Plus*, sonst niemand? Weder Kliniken in Zürich, Basel, Lausanne oder Genf und auch nicht im Ausland? Regelmässig waren die Berner Artikel in den Fachorganen von ganzseitiger, farbiger Werbung der Ciber-Geiler AG begleitet: modernes Marketing clever vermischt mit wissenschaftlichen Beiträgen. Bestimmt auf Viktor Pillers Mist gewachsen, mutmasste Marcel. Er fragte sich auch, weshalb die anderen Universitätskliniken in der Schweiz nicht reagierten. Wurden die Arbeiten von Schoener, Bub und Piller gar nicht mehr gelesen, weil es gar keine anderen Arbeiten über dieses Thema gab oder geben durfte?

Neid spielt in diesen Kreisen eine immense Rolle. Das ist auch heute noch so. Da und dort knurrt der eine oder andere Kollege vielleicht ein bisschen, bellt halblaut vor sich hin, beisst aber nicht. Man kennt sich eben, hat zusammen studiert oder Militärdienst geleistet. Man taktiert in dieser Liga besonnen, hält sich besser in vornehm akademischer Würde zurück, macht höchstenfalls die Faust im Sack und schweigt. Es könnte einen ja selbst einmal treffen. Weit weg vom Geschütz gibt alte Krieger.

Und die Gesundheitsbehörden? Warum reagierten diese nicht? Wie sollten sie auch, wenn die Empfehlungen der Medikamente aus den eigenen Reihen, aus dem Elfenbeinturm kamen, von der Universität, dem Olymp der Wissenschaft. Zudem sassen in all den massgebenden Gremien und Fachgesellschaften dieselben Persönlichkeiten aus der Universität, der Politik und Hochfinanz. Wenn nicht, ist man doch wenigstens im selben Service- oder Tennisclub, sieht sich beim Golfen und an den Parteiversammlungen. Man ist untereinander per Du. Wer sollte da den ersten Stein werfen ohne das Risiko, selbst an korrupten Verflechtungen hängen zu bleiben?

Die drei Professoren waren auch kaum mehr an ihren angestammten Arbeitsplätzen anzutreffen. Sie wirkten nur noch selten in Bern, wo die Universität vergeblich ihrer harrte. Trotzdem bezogen sie gleichzeitig ihren vollen Lohn vom Staat. Bei Piller spielte das insofern weniger eine Rolle, da er im Prinzip Arbeitnehmer und Arbeitgeber in einem war, Privatwirtschaft hat so seine Vorteile.

Die Berner Professoren waren nun wochenlang unterwegs, weltweit auf Tournee wie berühmte Popmusiker. Wo immer sie auftraten, füllten sie die grössten Hör- und Kongresssäle. In materieller Hinsicht gab es für die drei nur eine Richtung: unaufhaltsam aufwärts. Sie verscheuchten jeden Gedanken daran, was aus ihnen werden könnte, wenn sie einmal auffliegen würden. Das Ganze erinnerte an das Discopop-Duo *Milli Vanilli*, das gegen Ende des vergangenen Jahrhunderts auf der ganzen Welt auftrat, aber nie selbst sang, weil die beiden gar nicht singen konnten. Als die peinliche Show aufflog, verschwanden die Popstars sang- und klanglos von den Brettern, die die Welt bedeuten.

Noch ritt das Trio Schoener-Bub-Piller mitsamt ihrem ITI auf einer Welle des Erfolgs, die sich unmerklich zu einem Tsunami entwickelte. Die Herren hatten sich zu den unangefochtenen Päpsten in der Behandlung aller Formen von Diarrhöen mittels *Haraform-Plus* gemacht. Den drei Koryphäen wurden in kürzester Zeit alle wichtigen medizinischen Preise verliehen und Auszeichnungen zuteil. Unter anderem war Professor Piller auf Anregung seines Busenfreundes Schoener für seine ausserordentlichen wissenschaftlichen Verdienste mit dem Ehrendoktor der Universität Bern geehrt worden. Der Geehrte bekam von seinem Freund Arno Schoener als freundschaftliche Aufmerksamkeit am Tage der Verleihung des Dr. med. h.c. am Dies Academicus der Universität gedruckte Visitenkarten geschenkt.

Durch den enormen Aufschwung von *Haraform-Plus* – vor allem in Japan – generierte das Basler Unternehmen mit dem Medikament Milliardenumsätze und vergoldete seine Opinionleader. Die fast unglaublichen Umsätze könnten vielleicht auch erklären, warum der Basler Pharmariese gegenüber den Universitäten so ausserordentlich grosszügig war. Das Unternehmen finanzierte Hörsäle und Kliniken, bezahlte Bibliotheken und Apparate und bildete Wissenschaftler auf ihre Kosten im In- und Ausland aus wie seinerzeit Dr. Dano Bub.

Haraform-Plus hatte in Nippon einen ganz besonderen Stellenwert. Nirgends sonst auf der Welt wurde dieses Mittel so oft und in so riesigen Mengen geschluckt wie in Japan. Das hatte seine Gründe: In Japan wird der Bauch- und Magengegend besondere Beachtung geschenkt. So wird dieser Ort auch «Quelle des Lebens» genannt und in der traditionellen Medizin als die Stelle gesehen, der den Zustand aller Organe widerspiegelt. Daher geben die Japaner peinlich Acht, dass es diesem Körperbereich stets gut geht. Sie nahmen deswegen beim geringsten Darmproblem *Haraform-Plus*. Verschwanden die Geräusche im Bauch und der Durchfall nicht gleich, erhöhten sie die Dosis in Eigenregie. Zudem richtete sich das Honorar der japanischen Ärzte direkt nach der Menge der von ihnen verschriebenen und abgegebenen Medikamente – eine Praxis, die auch in vielen Entwicklungsländern normal war und noch immer ist.

Durchfall, ein weltweit verbreitetes, äusserst unangenehmes und nicht ungefährliches Leiden, womit die Pharmaindustrie unsagbar Geld verdient und Arbeitsplätze bieten kann. Dagegen wäre im Prinzip nichts einzuwenden, war Marcel der Meinung, wenn die Medikamente helfen und nicht schaden würden. Wie war man vor der *Haraform*-Ära dem Durchfall begegnet, wenn sich im Gedärme nur noch Wasser befand, das den kürzesten Weg nach aussen suchte und alles mit sich schwemmte wie wertvolle Elektrolyte und Zucker, und man nur noch schwach und zittrig auf den Beinen stand und kraftlos aufs Klo sank? Der Flüssigkeits- und Mineralstoffhaushalt musste unbedingt und so schnell wie möglich wieder ins Gleichgewicht gebracht werden. Also verordnete der Arzt oder die Ärztin Salz- und Zuckerlösungen und riet, viel Wasser zu trinken. In extremen Fällen wurden *Tetracyclin*-Tabletten abgegeben. Schon bald fühlte sich der Patient wohler. Diese Erfahrung hatte auch Marcel mit seinen Patienten gemacht. Aber nun lagen auf jedem Arztpult, jedem Wartezimmertisch und in den Spitälern Bubs und Schoeners gezinkte Publikationen herum. Darin stand rot und fett: *Durchfall? Haraform – hilft enorm!*

Nebenwirkungen? Kein Thema! Daraus musste jeder Arzt, jede Mutter, jeder Durchfallgeplagte schliessen, dass es solche entweder nicht oder in irrelevantem Mass gab. Und wie kamen die tollen Resultate in den Publikationen zustande? Im Rahmen der klinischen Patientenreihen stellte Dr. Bub bei seinen Untersuchungen zuerst die Diagnose: Diarrhö. Dann leitete er die *Haraform-Plus*-Therapie ein. Er beobachtete den Krankheitsverlauf und dokumentierte diesen mitsamt dem positiven Resultat, einem Resultat, das so optimal war, dass es gar nicht stimmen konnte. Oder doch? Freilich stimmte es! Ergebnisse, die ausserhalb des erwarteten Diagnose-Therapie-Heilungsverlaufs auftraten, also negative Resultate, wurden einfach aus der Statistik gekippt. Mit andern Worten: Nur die positiven Effekte wurden bewertet und berücksichtigt. Man könnte ein solches Ausschlussverfahren Rückwärtsselektion nennen; man geht vom postulierten Resultat aus. Konnte der Durchfall mit *Haraform-Plus* nicht gebremst werden, war die Diagnose falsch und damit die Therapie unkorrekt. Diese lahmen Gäule wurden einfach aus dem Rennen genommen. Dasselbe bei Nebenwirkungen. Traten solche auf, bedeutete dies ebenso die Elimination des Falls, und erschien in keiner Statistik. Man bezeichnet ein solches Vorgehen als «wissenschaftliche Bereinigung». Auf diese Art und Weise wurden und werden auch heute immer wieder Statistiken von Medikamenten erhoben. Praktiken wie diese sind aber ebenso bei orthopädischen, Brust- und Zahnimplantaten sowie bei vielen andern Heilmethoden üblich. Wie sagt ein altes Bonmot? Traue keiner Statistik, die du nicht selbst gefälscht hast.

Dass es mit *Haraform-Plus* so gelaufen war, wusste Marcel damals noch nicht, er ahnte es bloss. Er kaute schwer an den Gewissensbissen zwischen seinem Gelübde als Arzt und jenem seinen Freunden gegenüber. Doch er musste eine Entscheidung herbeizwingen. Er rief in der Gastroklinik an, um ein Treffen mit Professor Schoener zu verabreden. Als hätte die Chefsekretärin seinen Anruf längst erwartet, sagte sie, kaum hatte er seinen Namen genannt:

«Einen kleinen Augenblick bitte, Herr Doktor – ich gebe Ihnen gleich den Chef persönlich!»

«Grüss dich, mein Lieber. Ich weiss, ich schulde dir noch eine Antwort, bin spät dran, tut mir leid, bin im Druck, fliege für einen Monat mit Mileva, Viktor und Dr. Bub nach Japan, Vorträge! Danach sitzen wir wie früher zusammen und besprechen dein Anliegen. Ist das okay für dich? Also dann, halt dich frisch, und noch liebe Grüsse an Manuela. Tschüss Marcel.»

Weg war Arno, unterbrochen die Verbindung, ohne dass Marcel einen Pieps hätte sagen können.

Einen Tag später schrillte abends an der Wohnungstür von Dr. Marcel Junod die Hausglocke. Professor Arno Schoener mit seiner Frau Mileva und Professor Dano Bub ohne Gattin standen draussen. Hinter diesen dreien guckte Professor Viktor Piller hervor, ebenfalls solo. Frau Bub war zu Hause bei ihren zwei Kindern und hütete gleichzeitig Arno-Milevo, Schoeners Sohn.

Aufgeräumt und lachend meinte Arno zu seinem völlig verblüfften Freund im Türrahmen:

«Lässt du uns nicht ins Haus? Hier draussen ist es ungemütlich.»

Marcel fasste sich und bat die unerwartete Gesellschaft herein.

«Kommt rein ins warme Nest! Ihr könnt gleich mitessen – es gibt Fondue. Meine Frau kann problemlos aufstocken.»

Alle freuten sich und waren bester Laune.

Nach dem Fondue wechselten die vier Ärzte ins Büro des Hausherrn. Während die zwei Frauen in der Küche und danach im Wohnzimmer weiterplauderten und ein Glas Wein tranken. Junods Tochter schlief tief und selig dem neuen Morgen entgegen.

«Da du dir so enorme Sorgen um *Haraform-Plus* gemacht hast und anscheinend immer noch machst, wollten wir …», er blickte kurz zu Bub und Viktor, «… diese Sache mit unserem besten Freund doch endlich klären. Deshalb noch unser Überraschungsbesuch, denn morgen um diese Zeit sind wir vier bereits in Tokio.»

Bub sass still neben seinem Chef, Viktor stand wie in Stein gehauen neben Marcels Schreibtisch.

«Also mein Lieber», fuhr Arno fort, «du hast da und dort *Haraform-Plus* eingesetzt. An unserer Klinik wurde es ja in sehr grossem Umfang getestet, wie auch dir kaum entgangen sein dürfte. Die weit angelegten Untersuchungen waren Inhalt der Habilitation des Herrn Kollegen Bub, unter meiner persönlichen Aufsicht …»

Arnos ruhige Stimme wechselte in diejenige eines aufgeregten Fussballreporters, der kein Auge mehr von Dano Bub liess, als wäre dieser der Ball. Marcel schaute er mit keinem Blick an.

«… mit hervorragenden Ergebnissen, die ja auch mehrfach publiziert worden sind, wie du wissen solltest, nicht nur vom Kollegen Bub, sondern unabhängig davon auch von mir persönlich, zum Teil in Zusammenarbeit mit Viktor.»

Viktor trug den Kopf hoch, wie es kleine Menschen gerne zu tun pflegen, und starrte ein gigantisches Loch in die Wand.

Marcel fragte sich einmal mehr, wie ein Pharmadirektor, der null Kontakt zu Patienten hat und kein Kliniker ist, zu medizinischen Problemen und damit zu einer fachspezifischen Publikation einer Durchfallbehandlung beitragen könnte.

«In diesem Sinn werden wir das bewährte Produkt auch weiter publizieren und ab morgen in Japan darüber referieren.»

Arnos Worte hatten mit diesem kernigen Satz in einen fast amtlichen Ton umgeschlagen. Doch da sprach nicht der Arno, den Marcel früher kannte, mit dem er in den langen Jahren der Studenten- und Assistentenzeit Freud und Leid geteilt hatte, der ihm wie ein Bruder war. Da sprach ein Mann, der sich zu erklären und rechtfertigen versuchte. Arno fuhr unbeirrt fort:

«Du scheinst nicht durchwegs die gleichen positiven Erfahrungen gemacht zu haben wie wir, wie du mir neulich über den Gartenzaun hinweg mitgeteilt hast.»

Marcel grinste innerlich über das Wort «neulich».

Schoeners Stimme hatte inzwischen einen herablassenden Unterton angenommen, gefolgt von einer rhetorischen Pause, die er gleichsam nutzte, um etwas Luft zu schnappen.

«Sagen wir es mal so, unter uns Pfarrerstöchtern», fuhr er fort. «Du hast damals in Gegenwart von Viktor bei der Einweihung des neuen Auditoriums und auch noch anderswo *Haraform-Plus* gelinde ausgedrückt durch den Dreck gezogen. Ich vernehme so etwas immer recht schnell durchs Buschtelefon. Das ist aber gar nicht nett von dir und auch nicht gut für dich, mein lieber alter Freund!»

Arno hatte seine private Vorlesung mit weiteren dicken Vorwürfen und verhüllten Drohungen zu Ende gebracht und schaute Marcel mit drangsalierenden Blicken an. Die plötzliche Stille, die nach dem Wortschwall des Dozierenden über die vier Männer hereingebrochen war, konnte man greifen. Entgegen seinem sonst hitzigen Naturell blieb Junod ruhig und fragte kühl:

«Bist du fertig, lieber Arno? Wenn ja, will ich euch drei superschlauen Experten jetzt auch etwas erzählen. Endlich kann ich frei heraussagen, was mir schon seit einiger Zeit auf dem Magen liegt und vielleicht auch auf euren Mägen plötzlich wie zentnerschwere Steine liegen könnte.»

Marcels hohe Stirn hatte sich in tiefe Falten gelegt. Die gesunde Farbe war aus seinem Gesicht gewichen, dass es ein bleiches fast erschöpftes Aussehen annahm. Die drei Angesprochenen schauten sich gespannt an. Sie schienen nun doch ein wenig unruhig zu werden. Zunehmend machte Arno auch einen genervten Eindruck, hielt sich jedoch noch im Zaum und schwieg. Marcel liess sich nicht irritieren und erzählte detailliert, was er selbst als Folge von *Haraform-Plus* erlebt hatte.

Dr. Dano Bub schwieg weiter. Viktor grunzte leise im Hintergrund. Arno dagegen versuchte immer wieder dazwischenzufahren. Marcel liess sich nicht unterbrechen und legte mit fester klarer Stimme seine negativen Erfahrungen und schlechten Resultate vor mitsamt den Krankengeschichten. Der Klinikchef blickte geringschätzig auf die präsentierten Unterlagen und schüttelte desinteressiert den Kopf. Marcel spürte, dass er nur seine Energie verschwendete. Arno Schoener und seine Trabanten hörten nichts, stellten sich taub und blind.

Wie der Lange reagieren würde, war Marcel egal. Nicht aber, wie sich Arno und Viktor verhalten würden. Ihre gemeinsame Vergangenheit und Seelenverwandtschaft hatte Marcel veranlasst, sie mit letzter Eindringlichkeit zu bitten, die sorglose Verbreitung von *Haraform-Plus* noch einmal zu überdenken.

«Euer *Clioquinol*, beziehungsweise *Haraform-Plus* erinnert mich stark an die leide Geschichte mit dem *Fenoterol*, über das wir auch diskutiert haben, als wir noch Studenten waren. Ihr erinnert euch sicher an das Mittel für Asthmatiker, das etliche Patienten tötete. Die Sterbefälle nahmen mit zunehmendem *Fenoterol*-Verkauf zu. Die Vermarkter des Medikaments sahen das Problem in der Unterbehandlung – wie wir heute wissen eine Ausrede der Industrie, der Ärzte und der Asthmaforschung, die nachweislich alle von der Herstellerfirma gesponsert wurden. Läuft da bei euch am Ende etwas Ähnliches?»

Marcel sah Arno direkt in die Augen, und diese blitzten hasserfüllt zurück:

«Das sind ganz üble und verleumderische Unterstellungen – du bist ein verdammter Nestbeschmutzer! Für deine Therapieresultate und Nebenwirkungen können wir und das Medikament nichts. Entweder hast du fehlerhafte Diagnosen gestellt oder das Mittel falsch angewendet, oder weiss der Teufel sonst was nicht begriffen. Wie auch immer, du bist der Einzige, der Nebenwirkungen mit unserem Medikament hat. Oder etwa nicht? Sag schon Dano! – Vik?!»

Viktor schwieg, aber nickte zustimmend. Dano Bub öffnete wie ferngesteuert den Mund. Mit dem vertraulichen *Du* hatte Arno Schoener seinen Oberarzt gleichsam zum Komplizen gemacht und um eine weitere Stufe entmenschlicht, ja zu einem Automaten für ihn gemacht.

«Ja Arno, so ist es», säuselte Dr. Bub. Dabei verharrte er steif auf dem Stuhl sitzend, die Hände zwischen den Knien, und blickte Dr. Junod feindlich an. Er glühte bis hinter die Ohren. Wenn Schoener ihn kurz ansah, nickte er eifrig. Von diesem Augenblick an gehörte Professor Dr. Bub offiziell zu König Arnos Tafelrunde. Bub wurde an Junods Stelle gehievt, der seinerseits endgültig in Ungnade gefallen war. Für Marcel war nun klar, dass die beiden Berner Professoren abhängig waren von Viktor respektive der Firma Ciber-Geiler AG. Aber wie?

Marcel hatte an diesem Abend nicht zu hören bekommen, was er erwartet hatte:

«Marcel, du hast recht gehabt, das Medikament ist gefährlich, sehr gefährlich. Man darf es nicht mehr anwenden – nie mehr!»

Stattdessen sah er ein, dass er verloren hatte.

«Ich habe nun alles versucht, euch zur Vernunft zu bringen, erfolglos wie mir scheint, und werde euch nicht mehr decken können, weder als Arzt noch als Freund.»

Arno Schoener sprang auf, ohne seinen einstigen Intimus noch eines Blickes zu würdigen, drehte sich ruckartig zur Tür und sagte:

«Am besten schickst du Deine Durchfälle in Zukunft an die Klinik und lässt deine Finger davon! Kommt, Dano, Vik! Wir gehen. Hier haben wir nichts mehr verloren. Und du, Marcel, nichts mehr an der Klinik!»

Er stapfte grusslos an Manuela vorüber, in seinem Windschatten Dano Bub und ein geschlagener, aber nicht besiegter Napoleon. Mileva Schoener sah die drei Männer im Hausgang die Mäntel überziehen und folgte ihrem Mann mit fragendem Blick. Vor der Tür fluchte dieser in die Nacht hinaus.

Wie geohrfeigt stand Manuela im Flur, unfähig ihren Mann nach den Umständen des grotesken Abgangs der Besucher zu fragen. Marcel drückte seine Frau an sich:

«Eben ist ein inniges Bündnis in die Brüche gegangen. Schau dem Trio nach, Manu, es trägt neben unserer Freundschaft auch die wissenschaftliche Ehrlichkeit und den akademischen Anstand zu Grabe.»

In dieser Nacht konnte Marcel keine Minute schlafen. Im Wachtraum sah er immer wieder Arno Schoener, wie dieser erhobenen Hauptes den schneeweissen Kittel anzog und seinem Mitarbeitertross voran in die Patientenzimmer trat zur Chefarztvisite. Das Stethoskop, als Wahrzeichen des Doktors und Helfers in der linken Hand, das Medikament *Haraform-Plus* als Therapeutikum in der rechten – so sah ihn Junod ans Krankenbett treten.

Marcel machten nicht bloss die zerbrochene Freundschaft, sondern auch die negativen charakterlichen Veränderungen seiner Freunde zu schaffen. Schoener und Bub waren doch nicht blind. Sie hätten die negativen Folgen von *Haraform-Plus* zwangsläufig sehen müssen. Das taten sie wohl auch. Aber wahrscheinlich war ihnen klar geworden, dass sie nicht mehr schadlos aus dem Sumpf herauskamen. Dies nicht nur wegen des Medikamentenbetrugs, sondern auch wegen ihrer korrupten Verstrickungen. Sie verdrängten die möglichen Folgen der Nebenwirkungen und nahmen die Qualen der Patienten in Kauf. Es gab kein Zurück mehr für sie. Sie hätten ihre Approbation und Professur verloren, die Stelle, die Achtung, den guten Ruf, einfach alles. Für die drei barg die Wahrheit das Ende all ihrer Träume.

Da alles Reden und Warnen nichts gefruchtet hatte, entschloss sich Dr. Marcel Junod, die Beobachtungen an seinen Patienten und an sich selbst zum Schutz weiterer Diarrhö-Erkrankter in einem kurzen Kommuniqué, so nennt man eine dringende medizinische Mitteilung, zu publizieren. Kaum war der Artikel erschienen, wurden seine negativen Erfahrungen und katastrophalen Nebenwirkungen von *Haraform-Plus* auf einmal von überall her als objektivierbare Phänomene bestätigt. Einige selbst betroffene Internisten brachten das Thema *Haraform-Plus* auf den gemeinsamen Nenner:

«Da wird gemogelt. Die Professoren Schoener, Bub und Piller sagen nicht die Wahrheit und schönen Resultate!

Erscheinungen wie Lähmungen, Sehstörungen bis Blindheit oder sogar Tod als Folge einer *Haraform-Plus*-Therapie dürfen auf gar keinen Fall weder verschwiegen noch beschönigt werden.»

Nach den zahlreichen Bestätigungen anderer Ärzte machte sich Marcel Vorwürfe, viel zu lange gezögert und nicht längst via Fachpresse losgeschlagen zu haben, obwohl er schon lange von den negativen Folgen Kenntnis hatte. Er kam sich wegen seiner zögerlichen Haltung fast vor wie ein Komplize des Triumvirats. Aber direkt gegen Professor Schoener vorgehen, wollte er als Freund nicht. Er hätte auch keine Chance auf Erfolg gehabt. Der Professor war viel zu bekannt, zu berühmt, zu mächtig. Marcel wäre von den Gesundheitsbehörden wohl empfangen und angehört worden, hätte ein Protokoll unterzeichnet, das danach in einer Schublade verstaubt wäre.

Auch die drei Professoren glaubten nicht daran, dass Marcel ihnen gefährlich werden konnte. Sie gingen davon aus, dass niemand auf ihn hören würde, auf ihn, den einfachen Doktor, der ohne jede wirkungsvolle Unterstützung hilflos gegen die Übermacht anerkannter Wissenschaftler aussagen würde. Auf der einen Seite der kleine Praktiker, auf der anderen Seite die Industrie und die Universität. Keine Chance, dachten sie.

Die Respektlosigkeit der drei Kerle gegenüber dem Leben der Patienten widerte Marcel an. Sie hatten für ihn etwas von faulen Früchten an einem Baum, die sich nicht mehr lange am Ast halten konnten und auch ohne einen Sturm zum Fallen verurteilt waren. Sie waren zu ganz ordinären Kriminellen abgeglitten. Ihr ärztlicher Eid – eine bezahlte Lüge. Sie betrogen Kranke, die bei ihnen Hilfe suchten. Menschen, die auf sie angewiesen waren, ihnen vertrauten, den Halbgöttern in Weiss.

Diese Machenschaften, dies war Marcel inzwischen auch klar geworden, bedurften des Mitwissens, der Mithilfe, ja der Unterstützung vonseiten der Industrie und der Universität. Es ging schliesslich um viel, um enorm viel Geld. Nach weiteren Recherchen, die ihn bei vielen Kollegen unbeliebt und sogar verhasst machten, kam Marcel die medizinische Forschung mitsamt ihren universitären Anhängseln vor wie eine Brutstätte für Betrüger. Dass ausgerechnet seine engsten Freunde dazugehörten, brach ihm fast das Herz. Alle hielten zusammen und stützten die Scheinmoral einer objektiven Wissenschaft gemäss dem Sprichwort *Höre, sieh und schweige, wenn du in Frieden leben willst.*

In der medizinischen Fakultät geht es aber nicht wie bei den Philosophen um einen ideologischen Streit, sondern um Leben und Tod …

Da griff *Haraform-Plus* plötzlich selbst ins Geschehen und vor allem in das Leben von Arno Schoener ein. Die *Bub Family*, so das Schild am Briefkasten, hatte vor einiger Zeit das Haus direkt neben den Schoeners gekauft. Vermutlich habe auch hier Professor Schoener seine Finger im Spiel gehabt, wurde gemunkelt. Damit wurde Dr. Bub zum Hausnachbar seines Chefs. Sie wohnten von jetzt an Tür an Tür, wie sie auch in der Klinik ihre Büros nebeneinander hatten. Nun lebte Professor Dano Bub seines neuen Standes bewusst in einer vornehmen Gegend, wo Anwälte, Direktoren, Banker, Ärzte, hohe Beamte und zum Teil noch der alte Berner Adel residierten.

Die Familien kamen sich privat immer näher. Für Schoeners hatte dieser engere familiäre Kontakt auch eine ganz praktische Seite. Ihr Sohn, der kleine Arno-Milevo, ging im Hause der Bubs ein und aus wie daheim und verstand sich mit dessen jüngerem Sohn wie mit einem Bruder, der kaum zwei Monate älter war als er selbst. Sie waren stets zusammen, gingen auch gemeinsam in den Kindergarten. So konnte Frau Dr. Mileva Schoener unbesorgt ihren Mann auf den Vortragsreisen im Ausland begleiten. Sie referierte selbst nicht, machte aber Rundreisen in den jeweiligen Ländern. Auch diesmal, als sich Schoeners in Japan aufhielten, war ihr Kind bei Anna Bub und ihren zwei Söhnen.

Anna musste wegen ihrer zwei Knaben ohnehin zu Hause bleiben. Der Jüngere besuchte den Kindergarten und der

Ältere steckte in der Schule. Fast jeden Tag meldeten sich die Reisenden per Telefon bei Anna und erkundigten sich, ob alles in Ordnung sei. Sie bekamen regelmässig guten Bescheid, dass die Buben munter und zufrieden seien. Der kleine Arno-Milevo gehe jeden Tag mit seinem Freund in den Kindergarten, und zuhause würden die zwei unter ihren Augen spielen. Anna konnte nicht genug rühmen:

«Arno-Milevo ist wirklich ein liebes und wohlerzogenes Kind, ein wahrer Goldschatz.»

Kurz und gut, sie mögen ihres Amtes in Japan getrost walten, alles sei in bester Ordnung, schloss Anna ihren Bericht und hängte mit lieben Grüssen an ihren Mann auf.

Das waren Worte, die den Schoeners Wohl taten und sie über die weite Entfernung und grosse Sehnsucht nach ihrem Söhnchen trösteten.

Am Donnerstagnachmittag der vierten Woche kam der kleine Arno-Milevo etwas vorzeitig und allein aus dem Kindergarten heim und klagte über Bauchweh. Frau Bub kannte solche Beschwerden von ihren eigenen Knaben; vor allem vom jüngeren. Anna Bub schrieb die Bauchschmerzen der Sehnsucht nach den Eltern zu. Sie gab ihm Fencheltee und rieb am Abend beim Zubettgehen sein knurrendes Bäuchlein mit Pfefferminzöl ein, setzte sich an sein Bett und erzählte ihm eine Gutenachtgeschichte so zartfühlend und spannend, dass auch ihr kleiner Sohn auf ihrem Schoss mitfieberte. Sogar der ältere, Odin, lauschte eben nach Hause gekommen an der offenen Tür mit, bevor der hochgeschossene Junge in seinem Zimmer verschwand.

Arno-Milevo hing sehr an seiner Mama, die sonst immer da war für ihn, vor allem wenn er krank im Bett lag und sie als Trösterin brauchte. Erst seit die Familie Bub neben den Schoeners wohnte, verreiste sie ab und zu mit Papa. Der Kleine liebte natürlich auch seinen Vater, aber er sah ihn selten. Wenn er aus der Klinik nach Hause kam, lag der Sonnenschein bereits im Bett. Frühmorgens, wenn Papa ging, schlief er noch. Sie hatten nicht sonderlich viel voneinander. Nur wenn der Vater einmal zuhause war, verwöhnte er den Kleinen mit Geschenken und nicht selten mit Schleckereien, dass Mileva schimpfte. Die Mutter dagegen konnte niemand ersetzen. Selbst Anna Bub nicht, die zu dem Kleinen schaute, als wäre es ihr eigenes Kind.

Am nächsten Tag wollte der Kleine nicht in den Kindergarten gehen. Anna liess ihn schlafen, ging jede halbe Stunde auf Zehenspitzen ins Zimmer und schaut nach ihm. Gegen Mittag gesellte sich zu den Bauchschmerzen Durchfall. Anna verabreichte dem kleinen Patienten *Haraform-Plus*. Das Wundermittel bei Bauchweh und Durchfall kannte sie ja aus vielen Gesprächen mit ihrem Mann und aus seinen zahlreichen Publikationen und der Habilitationsschrift. Sie selbst hatte unzählige Seiten der Manuskripte ins Reine getippt. Als Ehefrau eines Arztes hatte sie natürlich auch vom Inhalt der Forschungsarbeit Wesentliches mitbekommen wie Indikation und therapeutische Wirkung des Medikaments.

Als der Durchfall bei Schoeners Söhnchen auch mit *Haraform-Plus* nicht zu bremsen war und die Bauchschmerzen zu- statt abnahmen, rief sie am Samstagmittag beunruhigt in der Klinik an und verlangte den zweiten Oberarzt, den Stellvertreter ihres Mannes, und bat diesen, sogleich vorbeizukommen. Der Sohn des Chefs sei bei ihnen in den Ferien und habe seit drei Tagen starken Durchfall. Der zweite Oberarzt kam sofort. Der Hinweis, dass der Patient der Sohn des Chefs war, wirkte.

Am Krankenbett liess sich der Doktor von Frau Bub zuerst den Krankheitsverlauf ausführlich schildern. Dann untersuchte er den Jungen lange und sehr gründlich. Er bestätigte der besorgten Frau, dass sie mit der Gabe von *Haraform-Plus* ohne jeden Zweifel die einzig richtige Therapie gewählt habe.

Mit diesem Medikament habe man beste Erfolge. Er wisse dies zwar eigentlich mehr oder weniger nur vom Hörensagen, von Berichten und Publikationen darüber, «denn Diarrhö-Patienten», schob er respektvoll nach, «sind durchwegs Chefsache, also in den Händen ihres Mannes. Die Herren Professoren loben *Haraform-Plus* in allen Tönen. Also sind wir auf dem richtigen Weg.»

Es war dem Arzt gelungen, die verängstigte Frau zu beschwichtigen.

«Ich empfehle Ihnen, die Dosis zu verdoppeln, wenn bis am Abend keine deutliche Besserung eingetreten ist.»

Anna schaute den Doktor dankbar und vor allem erleichtert an:

«Jetzt bin ich aber wirklich beruhigt», gestand sie mit gedämpfter Stimme. Es war ihr fast, als hätte Professor Schoener selbst oder ihr Mann diese besänftigenden Worte zu ihr gesprochen. Sie dankte dem überaus freundlichen und wie ihr schien kompetenten Arzt und verabschiedete sich mit sichtbarer Erleichterung und einem grossen Dankeschön.

Als die Nacht hereinbrach, nahmen die Bauchkrämpfe bei Arno-Milevo erneut zu. Der Durchfall hatte nicht nachgelassen. So entschloss sie sich, die Dosis wie empfohlen zu verdoppeln. Kurz darauf kam der tägliche Anruf aus Japan. Die Herrschaften im fernen Ausland erkundigten sich wie gewohnt, ob zu Hause alles in Ordnung sei.

«Alles bestens hier in Bern», schummelte Anna, «bloss das Wetter ist schlecht.»

Sie verschwieg die Krankheit absichtlich, wusste sie doch, wie abgöttisch Schoeners ihr Söhnchen liebten und verhätschelten, und wie rabiat der Chefarzt bei einer schlechten Nachricht reagieren konnte. Zu ihrer eigenen Beruhigung hatte sie immer noch die Worte des Doktors in den Ohren. Er hatte ihr gesagt, dass sie alles richtig gemacht habe und was weiterhin zu tun sei. Wozu sollte sie jetzt Angst säen? Helfen konnten die Professoren von Japan aus ohnehin nicht.

Ich habe gemacht, was ich kann, dachte sie, jetzt muss die Natur heilen. Sie seufzte. «Und du, lieber Gott, hilf auch!» – sandte sie noch ein Stossgebet gen Himmel. Wie verzweifelt musste die gute Anna bloss in diesem Augenblick gewesen sein, als sie sogar Gott um Hilfe bat. Bubs und Schoeners hatten es sonst nicht so mit dem lieben Gott. Vor allem die Männer nicht.

In dieser Nacht konnte sie keinen Schlaf finden. Sie hörte ständig die letzten Worte des Oberarztes, als er das Haus verliess:

«Sie brauchen sich nicht zu sorgen, Frau Professor! Dieser Durchfall ist eine Lappalie. Bald ist der Schrecken vorüber.»

Dreimal schaute sie nach dem kleinen Arno-Milevo. Er schlief zwar, aber unruhig. Immerhin tröstete sie, dass der Junge nicht die ganze Nacht wach war. Schlaf ist einer der besten Doktoren, war sie überzeugt.

Am nächsten Tag, am Sonntag, klagte Schoeners Bübchen über ein komisches Kribbeln in den Waden und Füssen. Als Arno-Milevo aus der Toilette ins Esszimmer kam, stützte er sich unsicher überall ab. Frau Bub griff ihm unter die Achseln:

«Ist dir schwindlig?», fragte sie besorgt.

«Meine Beine sind so komisch», hauchte er ängstlich. Der Kleine setzte sich mit halb geschlossenen Augen und mächtigen Tränen an den Tisch und langte nach der Tasse, die ihm Anna mit Fencheltee halb gefüllt hingestellt hatte. Aber die kleinen Finger griffen daneben. Anna schob ihm die Tasse zu. Schliesslich gelang es ihm, diese zu fassen. Er trank einen kleinen Schluck, stellte die Tasse unsicher auf den Tisch und flüsterte:

«Ich sehe dich gar nicht richtig, Anna.»

Anna Bub erkannte, dass auch die doppelte Dosis *Haraform-Plus* nicht geholfen hatte. Im Gegenteil, das Krankheitsbild schien sich verschlechtert und ausgeweitet zu haben. Sie wusste nun, dass mit dem Kleinen etwas ganz und gar nicht mehr stimmte. Sie rief erneut in der Klinik an und verlangte den zweiten Oberarzt.

«Es ist Sonntag», kam die dummschlaue Antwort vom namenlosen Stationstelefon.

«Mit wem spreche ich? – Geben Sie immer so einfältige Auskunft?», fragte Anna Bub erbost. «Ich rufe nicht an, um von Ihnen zu erfahren, was heute für ein Tag ist, das weiss ich selbst, sondern wegen eines Notfalls», sprach Anna zornig in die Telefonmuschel. Die Person aus der Klinik räusperte sich. Im Hintergrund war ein Kichern und Gackern zu vernehmen.

«Sie wollten doch eben noch wissen, mit wem Sie gerade sprachen? Das kann ich Ihnen gerne verraten: mit mir!»

Anna schüttelte sich vor Empörung.

«Nun ist aber genug! Und Sie, Sie unbekanntes Mensch, sprechen mit Frau Professor Anna Bub!», schrie sie nunmehr entnervt ins Telefon, dass sich ihre Stimme fast überschlug.

«Mein Gott! Entschuldigen Sie, Frau Professor, ich habe gemeint, es sei wieder Susanne, die alle zehn Minuten anruft und nach dem Oberarzt fragt. Bitte entschuldigen Sie noch einmal! Nein, tausendmal. Es tut mir unsagbar leid. Ich piepse den OA gleich an. Nur einen kleinen Moment bitte, Frau Professor. Nur einen kleinen Moment bitte!»

Anna hatte geahnt, dass es sich um ein Missverständnis und nicht um den normalen Umgang mit Klienten handelte. Sie nahm die Entschuldigung an. Auch Sie war einmal jung und an dieser Klinik mit dem Kopf voller Schalk und Alberei, vor allem, wenn es um einen Assistenten ging, an dem die eine oder andere Freude hatte. Wie manche Krankenschwester, Laborantin oder Sekretärin hatte in einem Krankenhaus ihren zukünftigen Mann kennengelernt? Auch Anna, die im Labor arbeitete und zeitweise im Sekretariat. Der ehrgeizige Doktor Bub hatte sie anfangs gar nicht wahrgenommen. Erst, als sie ihn einmal brüsk fragte, ob er eigentlich auch grüssen könne. Da schaute er der hübschen, jungen Laborantin in die Augen. Fortan kam dieser Dano mehrmals am Tag ins Labor oder Sekretariat, grüsste stets ausnehmend freundlich, brachte nicht selten sogar Croissants mit. Das waren noch sorgenfreie Zeiten, sinnierte Anna und dachte an ihre Zeit in der Klinik.

Da meldete sich die Schwester endlich wieder.

«Sind Sie noch da? Der Herr Doktor steht neben …»

Der Arzt griff nach dem Hörer.

«Hier Körner, wie kann ich Ihnen helfen, Frau …?»

«Oh, Sie …! – Ja klar, Frau Professor.»

Anna Bub schilderte in Windeseile die Leidensgeschichte mit dem Kind des Chefs.

«Ja, da scheint etwas gar nicht gut zu laufen», antwortete der vermeintliche Arzt am andern Drahtende.

«Aber ich bin leider nur Kandidat der Medizin und darf ohne Aufsicht eines diplomierten Arztes nichts machen oder sagen. Warten Sie bitte noch einen kleinen Augenblick, ich suche einen Arzt.»

Wenig später keuchte der Kandidat der Medizin in die Sprechmuschel:

«Weiss der Kuckuck, wo die alle stecken! Ich finde nur den Doktor aus Japan, aber der spricht kein Wort Deutsch. Niemand kann mit dem reden oder versteht ihn! Austausch-programm. Sonst finde ich auf die Schnelle keinen Arzt. Aber rufen Sie doch bitte Doktor Marcel Junod an. Ich war einige Male bei ihm und habe ihm über die Schultern geschaut, er ist ein sehr erfahrener Gastroenterologe. So einen braucht der Kleine jetzt dringend. Hier seine Telefonnummer ...»

Aus dem Krankenzimmer des kleinen Feriengastes ver-nahm Anna ein ungewohntes Stöhnen. Sie hängte sofort ein und hastete ins Kinderzimmer, ohne sich vom hilfsbereiten Medizinkandidaten zu verabschieden.

Da klingelte es auch schon bei Dr. Junod.

«Herr Doktor, bitte Sie müssen sofort kommen ... unver-züglich ... schnell.»

«Ja wer spricht denn da, und was ist los?»

Anna Bub war völlig aufgelöst und kaum imstande deut-lich zu sprechen.

«Ich komme sofort. Aber zuerst holen Sie jetzt mal tief Luft und erzählen mir der Reihe nach, wer Sie sind, was los ist und wohin ich kommen soll.»

«Entschuldigen Sie, Herr Doktor, hier ist Anna Bub.»

Marcel drückte den Telefonhörer fester ans Ohr, meinte zuerst sich verhört zu haben.

«Sind Sie die Frau von Professor Bub?»

«Ja.»

Marcel war überrascht und fragte sich, weshalb sie ihm und nicht ihrem Mann anrief.

«Alles klar, dann erzählen Sie jetzt eines nach dem andern.»

Sie seufzte noch einmal tief:

«Sie kennen vielleicht meinen Mann, er ist mit seinem Chef, Professor Schoener, und dessen Gattin im Ausland, zurzeit gerade in Japan auf Vortragsreise. Professor Schoeners Sohn ist während der Abwesenheit seiner Eltern bei mir, sozusagen in den Ferien. Seit Tagen hat der arme Wurm einen schlimmen Durchfall. Es kommt nur noch Wasser, und Bauchkrämpfe hatte er auch.»

Anna fuhr im Telegrammstil weiter bis hin zu den aktuellen Symptomen.

«Jetzt klagt er über ein Kribbeln in den Waden, zunehmende Gefühllosigkeit in den Beinen, hat Schwierigkeiten beim Gehen und sieht nicht mehr gut.»

Bei diesen Worten entglitt Dr. Junod beinahe der Hörer. Er hatte eine Gänsehaut bekommen. Sogleich schrillten bei ihm alle Alarmglocken. Er schrie ins Telefon:

«Hat er *Haraform-Plus* bekommen?»

«Ja, ja! Ich habe auf Anraten des zweiten OA der Klinik die Dosis nach dem zweiten Tag gleich verdoppelt.»

Junod lief es kalt den Rücken hinunter.

«Hören Sie jetzt gut zu Frau Bub. Ich bin gleich bei Ihnen! Gehen Sie nach dem Anruf zum Kind und sprechen mit ihm, laut, irgendetwas! Es darf auf keinen Fall einschlafen. Haben Sie mich verstanden?»

«Ja!».

Anna Bub hatte aus den Worten des Arztes unschwer herausgehört, dass Gefahr im Verzug bestand. Dass es bereits brannte, anscheinend lichterloh! Seine Worte waren nicht mehr ratend, sondern befehlend. Sie zitterte am ganzen Leib und tat unverzüglich das, was der Doktor befohlen hatte.

Bevor sich Dr. Junod auf den Weg machte, rief er den Notfalldienst des Inselspitals[17] an und beorderte die Ambulanz so schnell wie möglich an den Ort des Geschehens. Sein nächster Anruf erreichte die Intensivpflegestation, kurz IPS genannt. Der Leiter der IPS, ein Freund von Marcel, war alles andere als ein Fan von Schoener. Aber das spielte jetzt keine Rolle.

«Hier Marcel Junod, hallo Kurt! In aller Eile. Gleich kommt die Ambulanz mit dem Kleinen von Schoener, dem Sohn deines Lieblingsfeindes. Vermutlich schwerste Medikamentenintoxikation mit *Haraform-Plus!* Ich komme dann hinterher.»

Marcel war unendlich erleichtert, dass er gleich den Chef der IPS am Draht hatte. Ein Mann, der sich in Notfällen auskannte und sich auch stets auf das Wesentliche beschränkte und nicht unnötigen, administrativen Kram wissen wollte, wodurch oft wertvolle Zeit verstrich.

«Alles klar Marcel, wir erwarten dich, richten alles ein, tschüss!»

Als Dr. Junod im Haus von Bubs ankam, wenige Augenblicke vor dem Rettungswagen, war der Kleine bereits komatös. Junod steckte sofort eine Infusion. Da stand auch schon der Notfallarzt hinter ihm. Schickte sich an, ihn beiseitezuschubsen, als sich Dr. Junod umdrehte:

«Oh, Sie, Herr Kollege Junod, Sorry, habe Sie von hinten nicht erkannt. Meinte schon, es sei wieder so irgendein … – Ihre Diagnose? Was raten Sie zu tun?»

---

17 Universitätsspital Bern

«Schwerste Medikamentenintoxikation. Wie der Blitz auf die IPS! Infusion läuft gut. Professor Schnell ist informiert und bereit.»

Der Notfallarzt nickte. In dringenden Fällen bedarf es nicht vieler Worte, und jeder weiss genau, was zu tun ist. Die Sirene heulte auf, das Blaulicht blitzte, und weg war die Ambulanz.

Anna Bub stand die ganze Zeit über wie versteinert im Zimmer. Sie fragte nichts. Sie tat nichts. Sie wusste nichts. Bloss noch, dass es dem Kleinen ganz schlecht ging. Aber warum? Tränen kullerten über ihre feurigen Wangen. Sie hatte doch richtig reagiert. Alles so gemacht, wie ihr der Oberarzt bei seiner Krankenvisite gesagt hatte.

Kurz bevor Dr. Junod das Haus der Familie Bub verlassen wollte, trat Anna an ihn heran, nahm seine Hand, drückte sie so fest sie nur konnte und hauchte kaum verständlich:

«Tausend Dank, Herr Doktor, ich weiss nicht, was ich ohne Sie getan hätte. Darf ich Sie heute Abend noch einmal anrufen? Ich muss doch dem Professor Schoener Rede und Antwort stehen, weiss nicht, was ich ihm sagen soll.»

Marcel schaute die verzweifelte Frau an. Er kratzte sich am Kopf. Anscheinend wusste sie nichts von seiner Beziehung zu Arno Schoener und damit auch nichts vom Zerwürfnis.

«Ich möchte ihm selbst antworten und erklären, was Sache ist. Das ist nämlich eine sehr heikle Angelegenheit. Sind Sie einverstanden, wenn ich die Sache selbst in die Hand nehme, Frau Bub?»

«Ja, und wie ich einverstanden bin!»

Sie schaute ihren Retter in der Not an, als wäre er ein Heiliger, hätte ihm für seine Antwort am liebsten den Ring an der Hand geküsst wie dem Papst.

«Das werde ich Ihnen nie vergessen, Herr Doktor.»

Marcel lächelte verhalten.

«Mir tut mein Patenkind leid, das hätte nicht sein müssen.»

Anna verstand nicht, schaute den Arzt mit Eulenaugen an.

«Was sagen Sie da? Sie sind der Götti[18] von Arno-Milevo, kennen also Schoeners persönlich, sind sich sogar sehr nah, das wusste ich nicht!»

«Die Welt ist klein, Frau Bub, und ihre Geheimnisse sind gross. Ich rufe Sie bald an. Hier noch meine Karte.»

Anna Bub blieb nach diesen rätselhaften Worten noch eine Weile unter der Tür ihres Hauses stehen und schaute dem wegfahrenden Auto des Doktors nach. Dieser fuhr auf dem kürzesten Weg ins Inselspital und eilte auf die IPS. Das teuflische Schicksal, das seinem Patenkind Arno-Milevo widerfahren war, hatte ihn dermassen aus der Fassung gebracht, als hätte es sein eigenes Kind getroffen.

Durch das kleine, zweigeteilte Sichtfenster, das dem Pflegepersonal einen raschen Blick in das Innere der IPS ermöglichte, beobachtete er seinen Kollegen Professor Kurt Schnell, wie er mit sicheren Handgriffen und Anweisungen an sein Team den vergifteten kleinen Patienten zu retten versuchte. Als Schnell einmal kurz aufsah und seinen Studienfreund Marcel erblickte, hob und senkte er mit betrübter Miene die Schultern um zu sagen, dass es mit dem Kleinen gut oder schlecht ausgehen könne. Marcel verstand die wortlose Mitteilung, zuckte zusammen und nickte hilflos. Marcel konnte nichts mehr tun und verliess den Ort, wo sich Leben und Tod, Sieg und Niederlage der modernen Medizin so nahe gegenüberstanden. Ihm war Elend zumute.

18 Pate

Sein Auto mochte er nicht nehmen, er wäre zum Fahren zu aufgebracht gewesen. Er liess den Wagen stehen und ging schweren Schrittes in Richtung der Innenstadt. Er brauchte nach dem Schock Zerstreuung, Ablenkung, andere Gedanken. Alles, nur keine Gedanken über Medizin und Kollegen. Und schon gar nicht über den Tod.

«Kämpfe und lebe kleiner Arno-Milevo!», schrie sein Herz.

Das unheilvolle Medikament hatte wie der zerstörerische Bumerang eines Rachegottes den unbedachten Werfer Arno Schoener getroffen. Ironie des Schicksals, Zufall, Strafe, Vergeltung?, fragte sich Marcel auf dem Gang in die Stadt. Nach seinem kurzen aber heftigen Einsatz bei Anna Bub und auf der IPS war Marcel ausgelaugt und lechzte nach etwas Betriebsamkeit, ohne mit jemandem sprechen zu müssen. Das hätte er jetzt nicht gekonnt, nicht in der misslichen Stimmung. Manuela war auf einem mehrtägigen Verwandtenbesuch in der Ostschweiz und er alleine. Er kämpfte um jedes Gramm Zuversicht und Hoffnung, dass sein Patenkind die Nebenwirkungen des Medikaments überleben möge.

«Scheissmedikament!», rief er aus.

Er spürte, nein, er wusste, dass der Junge verloren war, sollte die Natur nicht mithelfen. Miene und Gestik von Dr. Schnell hatten für sich gesprochen.

Marcel schlurfte am Bahnhof vorbei, die Spitalgasse hinunter und direkt auf den *Falken* zu.

Das Café hatte noch dasselbe Gesicht wie damals. Sogar derselbe Wirt führte das Zepter, allerdings stark gealtert, mit Glatze und grossem Bauch. Das Lokal war gerammelt voll wie eh und je. Er entdeckte noch einen freien Platz in einer Ecke, setzte sich, und blickte in die Getränkekarte. Der günstige und süffige *Clarete*, ein hellroter Rioja, wurde immer noch angeboten. Damals bestellten sie eine Flasche davon, wenn sie genug Geld hatten, sonst gab es Bier.

Der Zigaretten- und Pfeifenrauch war dichter als der Nebel frühmorgens im Herbst über der Aare, und die Kleider stanken schon nach kurzem Verweilen. Auch das war wie einst. Er kannte niemanden. Das war ihm recht so. Er war froh, dass auch ihn keiner kannte und ansprach. Wie hätte er jemandem erklären sollen, was er selbst nicht verstand.

Inzwischen hatte ihm der Kellner den bestellten Wein gebracht, eingeschenkt und war wieder verschwunden. Eine wortlose Szene, als wäre in diesem Café die Welt vor einem viertel Jahrhundert stehen geblieben.

Marcel sass mit starrem Blick hinter seinem Glas. Als sich der Puls wieder etwas normalisiert hatte, blickte er gedankenverloren in die Gesichter rund um sich herum. Männer und Frauen jeden Alters hockten vor ihrem Becher Bier oder Glas Wein. Die einen plauderten, andere schrieben – wohl Dichter oder solche, die es werden wollen, dachte er. Da und dort blätterte ein Gast in einer Zeitung oder eine Frau las ein Buch. Ein Schluckspecht war vor seinem leeren Glas eingenickt. Nicht anders war es vor dreissig Jahren. Sehnsüchtig dachte er an die Zeit mit seinen zwei Freunden zurück. Freunde? Das war einmal.

Im Fluidum dieser alten Kneipe, ihrem typischen Geruch nach Wein, Bier, Pfeifen- und Zigarettenqualm, erblickte er die damaligen Gäste vor seinem geistigen Auge. Manche von ihnen lagen wohl bereits auf dem Friedhof. Andere waren verschollen, weggezogen, hatten Familien und standen im Berufsleben wie er. Alles Leute mit ihren Träumen und Macken, Sorgen und Abstürzen. Er hörte sie wieder reden die verkannten Schriftsteller und erfolglosen Kunstmaler, die Philosophen und sonstigen Weltverbesserer, die Säufer und Penner. Sie drei hatten dagegen die Kurve gekriegt und waren Ärzte geworden, gute Ärzte. – Wurden wir wirklich gute Ärzte?, fragte er sich abrupt und sah in seinen Gedanken Arno vor sich, weit weg in der Fremde am Rednerpult und gleich daneben, in der Nähe, dessen Junge auf der IPS an den Schläuchen liegen.

An diese Schläuche hätte Arno gehört oder Viktor oder Bub, oder alle miteinander, aber sicher nicht das unschuldige Kind, dachte Marcel wutbebend. Marcel sann dem fatalen Fondueabend nach und sah den aufbrausenden Arno wieder vor sich, aber diesmal ohne den weissen Kittel. So ohne professorale Würde kam er ihm nackt und unbedeutend vor.

Marcel machte eine wegwerfende Handbewegung, als schöbe er mit dem stinkigen Aschenbecher gleichsam Arno von sich weg wie eine ungeniessbare Speise. Dicht gedrängt sassen die Leute im Café paffend und palavernd, was das Zeug hielt. Doch weder Rauch noch Lärm drangen an den gedankenversunkenen Doktor heran. Er fragte sich, ob Arnos Aufenthalt in Japan zum Wendepunkt in dessen Biografie werden könnte? Er hatte nämlich Gerüchte zu Ohr bekommen, dass in Japan ein Prozess gegen ein einheimisches pharmazeutisches Unternehmen geplant sei, das in grossem Stil *Haraform-Plus* verkaufe. Weltweit waren wahrscheinlich schon unzählbare Nebenwirkungsfälle aufgetreten, lagen Tausende von Leidenden in Betten und Intensivstationen, kämpften um ihre Gesundheit, ja um ihr Leben wie der kleine Arno-Milevo. Eine gigantische Lawine hatte sich weit oben am Berg angesammelt, bereit loszubrechen, morgen schon oder übermorgen auf die Verantwortlichen herunterzustürzen und sie unter sich zu begraben. Marcel wollte trotz allem für seine Freunde da sein, ihnen helfen. Nicht als Arzt, da hatte er seine Pflicht getan, sondern als Freund wie früher.

Kürzlich hatte er einen früheren Mitstudenten in der Stadt getroffen und das Gespräch mit Karl August, so der Name des Berufsbruders, auf *Haraform-Plus* gelenkt. Der Kollege trat augenblicklich etwas näher an ihn heran und flüsterte ihm ins Ohr, dass es bei Schoener und Piller um viel Geld gehen soll, von gewaltigen Summen sei in eingeweihten Kreisen die Rede: Schmiergelder an Arno Schoener, Zuschüsse an dessen Oberarzt und ganz dicke Boni für Viktor Piller. Der habe den ganzen Handel übrigens auch angezettelt.

Marcel liess das Gespräch mit Karl August noch einmal Revue passieren und dachte an die Abhängigkeit des Professorentrios voneinander. Sie haben sich gegenseitig in den Händen, sinnierte er, jeder könnte den andern erpressen. Eine Krähe könnte der andern die Augen aushacken. Keiner konnte mehr frei entscheiden, was er tun und lassen wollte. Sie hingen auf Gedeih und Verderb am selben Seil in einer steilen Felswand.

Um sich abzulenken, dachte Marcel an seine Frau. Wäre sie bloss da, dachte er. Mit ihr hätte er gesprochen, hätte seinen vollen Kopf und das schwere Herz erleichtern können. Und daheim hätten sie mit etwas Musik die düsteren Gedanken vertrieben.

Ohne Musik lief auch bei Manuela nichts. Es musste nicht immer Dvořák oder Brahms sein; sie liebte auch französische Chansons. Aus ihrem kleinen Kofferradio, den sie noch als Schulmädchen geschenkt bekommen hatte, erklang oft Unterhaltungsmusik, Lieder und Schlager – für Marcel seichtes Ohrgeflüster. Aus diesem Grund hatte er die Sprechzimmertür meistens bis auf einen kleinen Spalt zugestossen. Tags zuvor hatte sich die Tür plötzlich weit geöffnet. Manuela stand mit feuchten Augen im Rahmen:

«Eben kam die Mitteilung, dass Maurice Chevalier gestorben ist.»

Sie hatte das Radio in den Händen und drehte etwas lauter.

«Sie spielen jetzt seine Lieder. Willst du mithören?»

Marcel schaute in ihre glänzenden schwarzen Augen, die er einfach nicht weinen sehen konnte.

«Wer kennt ihn nicht, den Mann mit dem Strohhut?», sagte sie nachdenklich.

«Ich mochte ihn auch», heuchelte er im Wissen, dass Chevalier ihr grosser Favorit war. Er nahm sie in die Arme und flüsterte:

«Wer kennt nicht seine schönen Lieder wie zum Beispiel …»

Natürlich fiel ihm gerade keines ein. Da sprudelte sie los:

«*Ça c'est Paris …*»

«Genau», nahm er ihr das Wort aus dem Mund, «oder auch: *Et maintenant, que vais je faire …*», liess er sich mit der Miene des grossen Kenners vernehmen. Manuela lachte laut auf:

«Ach, hör doch auf! Du hast ja keine Ahnung. Das ist ein Chanson von Gilbert Bécaud!»

Marcel war in Sachen Musik ziemlich einseitig. Entweder die Wiener Klassiker, italienische Opern, Ländler oder Jodel. Manuela war da viel offener.

Marcel fragte sich auf einmal, wie sie die traurige Geschichte mit Arno-Milevo aufnehmen werde. Und schon segelten seine Gedanken wieder auf die Intensivpflegestation. Was soll ich Arno sagen, wenn er aus Tokio anruft? Wie wird er auf die niederschmetternde Nachricht reagieren? Wird er mir überhaupt zuhören oder gleich aufhängen? Und wie wird Mileva reagieren?

Marcel blickte zur Uhr oberhalb des Eingangs und winkte dem Keller. «Bitte noch einen Römer *Clarete*.»

Mileva tat ihm leid, sie die Mutter des todkranken Kindes, das sie einmal erwartungsvoll unter ihrem Herzen getragen hatte. Ob Frauen ihrer Kinder wegen mehr leiden als Väter, fragte er sich gerade, als der Kellner den Tischen im Restaurant entlang hastete, den Kopf hin- und herbewegend, und rief:

«Dr. Junod bitte!»

Niemand reagierte. Er näherte sich dem Tisch Marcels, der abwesend ins Leere starrte. Erst beim zweiten und etwas eindringlicheren Aufruf des Kellners: «Ist ein Dr. Junod hier?», reagierte er.

«Ja, hier! Ich bin Marcel Junod.»

Der Garçon musterte den Unbekannten, als hätte er dem einfachen Mann mit Schnauz und Bürstenschnitt, ohne Krawatte und weissem Hemd keinen Doktortitel zugetraut.

«Bitte kommen Sie, ein Anruf für Sie! Da hinten neben dem Radio steht das Telefon.»

Ein paar Sekunden später drang die verzweifelte Stimme von Frau Bub an sein Ohr. Er hatte sie vor einer guten Stunde angerufen, konnte aber noch nichts Konkretes sagen, nur dass das Kind auf der IPS und dort in den allerbesten Händen sei. Er warte noch eine bis zwei Stunden, dann gehe er wieder ins Krankenhaus. Er sei auf der IPS oder im Café *Falken* erreichbar. Dort könne sie problemlos anrufen, hatte er gesagt und ihr die Telefonnummern angegeben. Das Handy, wie man es heute kennt, gab es damals noch nicht.

«Entschuldigen Sie, Herr Doktor», sagte sie jetzt mit weinerlicher Stimme, «aber vom Inselspital erhalte ich am Telefon keine Auskunft. Bitte, Herr Doktor, kommen Sie rasch!», bettelte sie verzweifelt. «Arno Schoener kann jeden Moment anrufen.»

Dr. Junod überlegte kurz.

«Hören Sie, Frau Bub: Zu Ihnen hinaus brauche ich mindestens zehn bis fünfzehn Minuten, zu mir in die Praxis zwei. Wenn Arno Schoener anruft, geben Sie ihm meine Praxisnummer durch; Sie haben sie ja. Gehen Sie auf keine Diskussion ein. Nummer geben und abhängen. Ich mache mich gleich auf den Weg.»

Marcel zahlte stehend und rannte gehetzt aus dem Lokal. Kaum in seiner Praxis angekommen, klingelte auch schon das Telefon. Er setzte sich auf den Stuhl vor dem Schreibtisch und hob den Hörer ab.

Eine nervöse Stimme meldete sich mit leicht verzögertem Nachhall wie ein fernes Echo:

«Hier ist Arno Schoener, wer ist dran?»

«Hallo Arno, du sprichst mit Marcel Junod.»

«Mit weeeeem …?»

«Mit Marcel Junod in Bern.»

«Du …?!», rief Arnos überreiztes Organ in die Leitung. Stille auf beiden Seiten. Marcel war ganz ruhig; er hatte sich auf das Gespräch vorbereiten können. Im Hörer vernahm er ein Gemurmel. Ein Fluchen? Arno fragte sich, weshalb er Marcel am Draht hatte und nicht Anna Bub. Was wurde da gespielt? Zwischen Anna und Marcel gab es ja keine Berührungspunkte. Die kannten sich doch gar nicht persönlich, oder? Junods und Bubs waren sich stets aus dem Weg gegangen. Zwischen deren Familien gab es keinen Kontakt. Fragen über Fragen blitzten durch Arnos Gehirn. Anfänglich, als er Marcels Stimme erkannt hatte, war er stinksauer. Jetzt schwieg er, und die stoische Ruhe Marcels brachte ihn endgültig aus der Fassung, machte ihn unsicher. Mehr und mehr wurde ihm bewusst, dass hinter dieser Konstellation ein triftiger Grund stecken musste. Plötzlich überfiel ihn panische Angst und versetzte ihm einen Stich ins Herz. Grundlos habe ich den doch nicht in der Leitung, dachte er und wollte gerade fragen, was los sei.

«Ja, Arno, ich bin es, Marcel!»

«Was ist los, verdammt nochmal!», schrie Arno. «Was soll das?!»

«Arno, es geht um deinen Sohn.»

Jetzt änderte sich Arnos Tonfall schlagartig.

«Was ist mit Arno-Milevo? Was ist geschehen?», fragte er etwas leiser aber immer noch erregt. «Sprichst du jetzt als Arzt?»

«Ja, Arno, hör jetzt mal ganz ruhig zu und lass mich ausreden. Ich wurde heute von Frau Bub notfallmässig zu Arno-Milevo gerufen.»

Jetzt wurde es auf der anderen Seite still, ganz still. Dann fragte Arno verängstigt:

«Was ist mit meinem Kind? Sprich!»

Da war sie wieder diese Fürsorge Arnos für andere, die ihm früher eigen war. Es ging nun auch um sein eigenes Fleisch und Blut.

Dann erzählte Marcel die Vorgeschichte, wie er sie von Anna Bub geschildert bekommen hatte, vom harmlosen Bauchweh und dem Durchfall am Donnerstag, wie und wann dem Kind *Haraform-Plus* verabreicht wurde bis zum Sonntag, als er notfallmässig gerufen wurde und den lebensbedrohlichen Zustand Arno-Milevos im Hause Bub angetroffen habe.

Wie er dort augenblicklich eine Infusion gesteckt habe und das bereits komatöse Bübchen mit Blaulicht an Professor Kurt Schnell auf die Intensivstation bringen liess. Langsam und deutlich sprach Marcel von Arzt zu Arzt, aber auch ein wenig von Freund zu Freund. Marcel schilderte die nackten Tatsachen der Nebenwirkungen objektiv, ohne eigene Emotionen einfliessen zu lassen, ohne Schuldzuweisung oder Vorwurf, dass er ja schon lange vor diesem Medikament gewarnt habe. Kein Wort davon. Er spürte durch den Draht hindurch, dass Arno an der Achillessehne getroffen war.

Eine lange, unendlich lange Pause trat ein. Bis von Arno Schoener leise, mehr geflüstert als gesprochen, eine Reaktion kam, eine völlig verzweifelte. Eine, die zum alten Freund Arno passte, erdbezogen war und nicht mehr im galaktischen Raum schwebte.

«Marcel, mein guter, alter treuer Freund, danke. Ich danke dir für deine Hilfe!»

Erneut eine Pause, dann ein würgendes Schluchzen auf der anderen Seite der Erdkugel. Marcel sagte nichts. Noch nicht. Er wusste, dass noch etwas kommen würde. Es kam. Erneut tauchte ein Bild des alten Kumpels aus der Vergangenheit auf. Sogar die Stimme klang wieder vertraut warm, als hätte ihn die Schreckensnachricht mit einem Schlag von seinen schlechten Verhaltensweisen und Manieren befreit. Mit mutloser Stimme liess sich Arno leise vernehmen:

«Was soll ich jetzt bloss machen? Was rätst du mir?» – Worte, die Arnos Hilflosigkeit und Verzweiflung mehr als nur deutlich verrieten. Er wusste genau, dass sein einziges Kind in höchster Lebensgefahr schwebte und ohne das schnelle und kompetente Eingreifen seines Ex-Freundes nicht mehr am Leben wäre.

«Arno, du kannst nichts tun, gar nichts. Das Menschen-mögliche haben wir alle getan – Frau Bub, ich und Kurt Schnell. Möge nun Gott auch noch helfen.»

Mit erstickender Stimme bedankte sich Arno noch einmal und meinte im tiefsten Elend seiner Gefühle:

«Ich habe unverzeihliche Fehler gemacht und damit grösste Schuld auf mich geladen.»

Marcel sagte nichts, dachte sich aber das Seine. Er beendete das Telefongespräch mit den Worten:

«Arno, du kannst dich auf mich verlassen wie immer. Ich gehe jetzt noch einmal auf die IPS. Tröste du deine Mileva. Sie wird dich bitter nötig haben. Grüsse mir auch Vik. Du darfst mich jederzeit anrufen. Bis dann!»

Als Marcel noch einmal auf der IPS erschien, lag der kleine Blondschopf nicht mehr dort.

«Gott sei Dank! Er hat die Schlacht gewonnen!», sagte Marcel zur Krankenschwester, die gerade vorbeiging und dann stehen blieb. Marcels Patenbub war über den Berg und in das Überwachungszimmer verlegt worden, dachte er. Vielleicht kann ich sogar noch ein paar Worte mit ihm wechseln, es täte ihm gut, wenigstens ein vertrautes Gesicht zu sehen. Die Schwester sagte nichts – nickte nur und ging hastig weiter.

«Wohl der nächste Notfall», raunte er.

Marcel sah plötzlich wieder das Bild des komatösen Jungen vor seinen Augen, wie er hilflos vor ihm lag im Hause Bub, als er die Infusion steckte. Ein eisiger Schauer durchfloss sein Herz. Was, wenn er nur ein paar Sekunden zu spät gerufen worden wäre und er das Kind tot vorgefunden hätte?

Die Übermüdung und der Stress der letzten paar Stunden fingen plötzlich an, seinem erschöpften Gehirn einen üblen

Streich zu spielen: Mit einem Mal hatte er den schweren Duft von Blumen und Kränzen, wie sie auf frischen Gräbern liegen, in der Nase und sah sich in seiner ärztlichen Unbeholfenheit vor dem ewigen und schweigenden Tod stehen. Marcel war wie in Trance. Da tippte ihn Professor Schnell an. Die Sinnestäuschung war augenblicklich weg und er wieder bei klarem Verstand. Marcel drehte sich um und schaute geradewegs in das Gesicht des Arztes, der ganz leise hinter ihn getreten war. Marcels Herz stockte, fast setzte es aus. Der Chefarzt der IPS stand mit versteinerter Miene da, ohne ein Wort zu sagen. Das brauchte er auch nicht. Seine Augen verrieten genug. Dann bewegten sich seine Lippen doch noch. Das Sprechen bereitete ihm grösste Mühe:

«Der kleine Arno hat es leider nicht geschafft …!»

Dr. Junod schaute erstarrt zu Boden, ohnmächtig, unfähig, eine Antwort zu geben. Tränen schossen ihm in die Augen.

Von unendlich weit weg vernahm er die Stimme des Professors:

«Vielleicht ist dem Jungen sogar Wohl widerfahren und grosses Elend erspart geblieben; lieber …», er vermied das ominöse Wort, «… als ein Leben lang gelähmt und blind.»

Marcel war steif vor Entsetzen.

«Du hast doch Arno und Viktor gewarnt. Ich wusste das. Man wusste das», sagte Professor Schnell.

Marcel nickte und reichte ihm zum Abschied zögerlich die Hand.

«Vielleicht hast du ja recht wegen des Kindes …»

Der Arzt verharrte schweigend neben Marcel. Er fühlte, dass sich sein Kollege in Gedanken auf einer sehr traurigen und einsamen Reise befand. Vielleicht hörte aber Marcel Kurt Schnells letzte Worte noch einmal:

«Du hast doch Arno und Viktor gewarnt. Ich wusste das. Man wusste das …»

Da eilte plötzlich die junge Schwester von vorher aufgeregt auf die beiden zu:

«Herr Professor, kommen Sie bitte schnell, eine junge Frau, Suizidversuch!»

Dr. Schnell legte Marcel die Hand auf die Schulter.

«Tut mir leid, Marcel, aber ich muss! Ruf morgen an, wenn du Näheres wissen willst. Der Kleine liegt auf der Gerichtsmedizin. Auf Wiedersehen Marcel.»

Marcel nickte. Es war ihm, als wäre er selbst ein wenig gestorben.

Epilog

Die drei Protagonisten im Fall *Haraform-Plus* wurden nie zur Rechenschaft gezogen. Die Professoren Arno Schoener und Viktor Piller wurden nach dem Erreichen der Altersgrenze emeritiert[19]. Dano Bub wurde Ordinarius und Klinikchef. Das Wort *Haraform-Plus* nahmen sie nach dem Auffliegen des Betrugs nie mehr in den Mund, als hätte es das gefährliche Medikament nie gegeben.

Professor Dr. Arno Schoener unternahm sechsundsechzigjährig allein eine Bergtour und kam nicht mehr zurück. Lediglich seine dicke Hornbrille wurde später am Rand einer Gletscherspalte gefunden.

Dr. Mileva Schoener zog nach Zürich, habilitierte sich im Fach Pädiatrie und wurde Professorin ad Personam für pädiatrische Toxikologie. Nach der Verschollenheitserklärung ihres Mannes verkaufte sie als Alleinerbin alle Besitzungen ihres Ehemannes und stellte den Erlös vollumfänglich der von ihr gegründeten Stiftung für pädiatrische Toxikologie zur Verfügung. Sie beerbte zu ihrer Überraschung auch Viktor Piller, dessen beträchtliches Vermögen sie ebenfalls der genannten Stiftung zuführte. Sie starb im Alter von neunundsechzig Jahren.

---

19 In den Ruhestand versetzt

Professor Dr. med. Dr. pharm. Viktor Piller blieb bis zu seinem Tod Generaldirektor der Ciber-Geiler AG. Er starb an den Folgen eines inoperablen bösartigen Hirntumors. In seinem Nachlass fand sich neben dem Testament auch ein Brief an Mileva Schoener, der erst nach seinem Tod geöffnet werden durfte. Darin gestand er Mileva, dass er sie nach der Trennung in Basel weiterhin geliebt habe und es immer zutiefst bereute, sie nicht geheiratet zu haben. Mileva war die Frau, die er in Bern seinen Freunden vorstellen wollte, die aber wegen einer angeblichen Panne seines Porsches nicht erschien. Nach dem Bruch mit Viktor war sie nach Bern geflohen, wo sie wenig später Arno Schoener kennen und lieben lernte. Dieser erfuhr nie etwas von Milevas Beziehung zu Viktor Piller.

Dr. Marcel Junod führte mit seiner Frau Manuela zusammen die Praxis weiter bis zur Pensionierung. Danach zogen sie sich in eine Wohnung im Grünen zurück, wo er seither seine Erinnerungen in Form von Erzählungen und Romanen sowie in Gedichten niederschreibt.

Die Räder drehen weiter

Menschen wie Arno Schoener, Viktor Piller und Dano Bub bringt jede Generation hervor. Sie sorgen dafür, dass die Räder der Pharmalobby, Medizinindustrie und Universitäten unbekümmert weiterdrehen und dabei manchmal mehr Schaden anrichten als Nutzen bringen. So auch wieder in den ersten Wochen des Erscheinungsjahres dieses Romans, 2018, mit folgenden Meldungen in den Medien:

Die Firma Alkopharma fälschte Verfalldaten von Kinder-krebsmitteln, die unter anderem im Inselspital Bern, im Unispital Basel sowie in Frankreich verabreicht wurden.

Der Pharmakonzern Novartis soll Schmiergelder in Milliar-denhöhe an griechische Ärzte, Beamte und Spitzenpolitiker gezahlt haben, um ihre Produkte zu pushen und die Ver-kaufszahlen anzukurbeln. Eine Untersuchung ist eingeleitet.

Obschon unabhängige Forscher längst bewiesen haben, dass der therapeutische Effekt des Grippemittels Tami-flu nicht nur äusserst gering ist, sondern das Medikament auch bedenkliche Nebenwirkungen aufweist, wird es weiter-hin propagiert und von Regierungen sogar gebunkert. Die Befürworter des Medikaments stützen sich auf zwei Über-sichtsstudien, die beide von der Firma Roche finanziert wur-den und entsprechend positiv ausfielen. Seit der Zulassung von Tamiflu setzte der Hersteller damit gegen 17 Milliarden Franken um.

Wunsch des Autors

Die Universitäten täten gut daran, den angehenden Medizi-nern auch Seminare über die verfänglichen Mechanismen der Pharmalobby, Medizinindustrie und der gesponserten Pro-fessoren an den Universitäten anzubieten. Dies, damit keine schädlichen Medikamente oder andere fragwürdige medizi-nische Produkte von Professoren und Ärzten, Wissenschaft-lern und Kliniken promoviert und empfohlen werden.

Literatur/Quellenangaben

Peter C. Gøtzsche, Tödliche Medizin und organisierte Kriminalität – Wie die Pharmaindustrie das Gesundheitswesen korrumpiert, riva, 2015

Olle Hansson, Arzneimittel-Multis und der SMON-Skandal. Die Hintergründe einer Arzneimittelkatastrophe, Z-Verlag, 1979.

Weitere Bücher von
Philippe Daniel Ledermann,
in der Edition LEU

Mörder auf der Flucht

Wahre Geschichten, Gedanken und Gedichte

Der Clown

als überarbeitete Neuauflage

272 Seiten, gebunden
CHF 32.–
ISBN 978-3-85667-153-2
Edition LEU

Die wahren Geschichten, Gedanken und Gedichte von Philippe Daniel Ledermann zeigen, wie Menschen vom Schicksal hart- oder weichgekocht werden. Mit Raffinesse, Spannung und Humor schildert der Autor, wie das Ergebnis von der jeweils vorhandenen Substanz bestimmt wird.

Ein Gangsterduo erzeugt in der ganzen Schweiz eine bisher nie gekannte Angst. Dies inspiriert Eltern zu Erziehungsmethoden, welche die Fantasie der betroffenen Kinder ins Grenzenlose ausufern lässt. Dass die optische Erscheinung einer Person mit ihrem wahren Charakter wenig zu tun hat, zeigen weitere Geschichten. Während ein Einfältiger eine kulturelle Karriere macht, erweist sich der grässliche Mundgeruch einer Frau als Start für ein neues Leben. Ein junger Mann aus den Freibergen erlebt an seinem Geburtstag alles andere als das Ideal seiner Freiheitsvorstellung. Beim Essen in einem Restaurant wird ein Gast Zeuge eines Mordplans und ein Lokomotivführer verführt drei Kaminfeger mit einem schlauen Trick zu einem seltsamen Ballett.

Finders Lohn

Roman

176 Seiten, gebunden
CHF 28.–
ISBN 978-3-85667-158-7
Edition LEU

In diesem rasanten, auf wahren Begebenheiten beruhenden Roman, schildert Philippe Daniel Ledermann die faszinierende Geschichte einer Jugendliebe und die unglaublichen Folgen, die der Fund einer fast leeren Brieftasche nach sich zieht.

Die Frage, was Schicksal und was Fügung ist im interkontinentalen Leben von Adamo Povero, Restaurantbesitzer in New York, geistert durch die Ereignisse dieser grossartigen Geschichte. Adamo Povero, der unerwartet zu Mister Adam Rich wird, kann seiner magischen Sehnsucht nach der früheren Leidenschaft nicht widerstehen.

«Als man ahnt, dass das grosse Glück nicht lange währen wird, wandelt sich die fesselnde Geschichte in einen grossen Schicksalsroman, mit allem, was es dazu braucht.»

Rolf Dorner, Schriftsteller

Papiereltern

Autobiografischer Roman

Im Herbst 2019 erscheint in der Edition LEU Philippe Daniel Ledermanns vierbändiger autobiografischer Roman *Papiereltern* gekürzt und überarbeitet in einem Band als Jubiläumsausgabe zu seinem 75. Geburtstag.

Als Zehnjähriger erfuhr Philippe Daniel Ledermann, dass die Personen, die er als Vater und Mutter bezeichnete, gar nicht seine Eltern, sondern nur seine Papiereltern waren. Was als Kindheitstrauma begann, war in Wirklichkeit der Start in ein turbulentes Leben.

Buchempfehlung:
Das neue Buch von
Bettina Zimmermann-Ledermann,
der Tochter von
Philippe Daniel Ledermann

Emotionen –
Das Salz in der Krise
Ein Leitfaden für Führungskräfte

160 Seiten, gebunden
CHF 39.–
ISBN 978-3-7272-6010-0
Stämpfli Verlag AG, Bern

Unternehmenskrisen und bedrohliche Ereignisse sind ein Top-1-Thema – innerbetrieblich, bei Führungskräften, Arbeitnehmern und zunehmend im privaten Alltag. Krisen haben das Potenzial, Unternehmen in ihrer Existenz zu gefährden und unser berufliches oder privates Leben aus den Angeln zu heben. Vielfach fühlen wir uns emotional ausgeliefert und werden nicht selten handlungsunfähig. Gerade für Führungspersonen stellt dieser Krisenmodus eine besondere Herausforderung dar. In der Führung und bei der Krisenbewältigung spielen Emotionen eine tragende Rolle. Mit Emotionen alleine ist keine Krise zu meistern, aber ohne ihre Berücksichtigung kann man in der Krise auch nicht bestehen.Sie sind Fluch und Segen zugleich. Derjenige, der sich in der Krise der Kraft der Emotionen bewusst ist und es versteht, sie in sein Handeln einfliessen zu lassen, ist ein Leader. Oder anders gesagt: Wer die Klaviatur der Emotionen beherrscht, kann zum Helden seines Unternehmens und des Alltags werden.

Dieses Buch eröffnet eine neue Sicht auf den Umgang mit Krisen, sowohl im Unternehmen wie auch privat, und ist in allen Krisensituationen ein wertvoller Praxisleitfaden.